新訳文庫

白夜／おかしな人間の夢

ドストエフスキー

安岡治子訳

kobunsha classics

光文社

Title : Белые ночи
1848
Мальчик у Христа на елке
1876
Мужик Марей
1876
Сон смешного человека
1877

Author : Ф.М.Достоевский

目次

白夜／おかしな人間の夢

白夜

感傷的な小説《センチメンタル・ロマン》（ある夢想家の思い出より）

A・N・プレシチェーエフ[1]に捧げる

……それともそれは、たとえ一瞬でも君の心の隣人となるために創造されたのだろうか?……

Iv.トゥルゲーネフ[2]

第一夜

それは奇跡のような素晴らしい夜だった。親愛なる読者よ、僕たちが若いときにのみあり得るような、そんな夜だった。満天の星で、あまりにも明るいので、見上げていると、こんな空の下に、怒りっぽい人間だの、気まぐれな人間だの、そうした雑多な人間が本当に存在し得るだろうかと、どうしても自分に問いかけずにはいられない。これもまた、若者らしい質問だが、どうか神様があなたの心にもなるべく頻繁に、こういう質問を送ってくださいますように！……気まぐれな、さまざまな怒りっぽい人たちのことを話したら、僕自身がその日一日じゅう、実に気立てよく行儀よく振る舞っていたことも思い出さないわけにはいかない。

　僕は、朝っぱらからなんだかとてつもない塞《ふさ》ぎの虫に苦しめられていたのだ。皆が一人ぼっちの僕を見捨てて、僕と縁を切ろうとしている——不意にそんな気がしたのだ。そりゃもちろん、誰だって、こう訊《たず》ねる権利はある——その皆というのは、いったい誰なのかい？——と。というのも、僕がペテルブルグで暮らすようになってから、もう八年も経《た》つのに、ほとんど一人も知り合いがいないからだ。でも、知り合いなんて、何のために必要なんだ？　僕はそんなものがなくたって、全ペテルブルグと知り合いなんだ。だからこそ、ペテルブルグ全体が立ち上がって、忽然《こつぜん》と別荘に出かけてしまったときは、皆に見捨てられたような気がしたのだ。

　僕は一人ぼっちで置き去りにされるのが怖くなって、自分に何が起きたのかさっぱりわからぬまま、丸々三日間、街じゅうを憂鬱《ゆううつ》のどん底の気分で彷徨《さまよ》い歩いたのだ。ネフスキー大通りへ行こうが、夏庭園に行こうが、運河沿いの通りをそぞろ歩こうが——一年じゅういつも決まった時間に同じ場所で出会う見慣れた人物が一人もいない。むろん、向こうは僕のことなんか知らないだろうが、僕は連中を知っているのだ。それもかなり親密に知っているし——連中の顔つきもほぼ完璧に観察し尽くし、連中が愉快な気分だと、こちらもうっとりと見惚《みと》れるし、ご機嫌斜めで顔を曇らせていると、こちらも塞ぎこむ。毎日、ある時刻にフォンタンカ運河沿いで出会うお爺さんとは、ほとんど友情を結んだと言ってもいいぐらいだ。いかにも偉そうな、思慮深げな顔つきで、常に何か聞き取りにくいことをブツブツ呟《つぶや》いていて、左手を振り回し、右手には金の握りのついた節だらけの長いステッキを持っている。このお爺さんは、僕の存在にちゃんと気づいており、僕に親愛に満ちた関心さえ抱いている。仮に、僕が決まった時間にいつものフォンタンカ運河沿いに現れなかったら、このお爺さんはきっと塞ぎこむに違いない。だからこそ僕らは、互いにお辞儀をしそうになるときもあるのだ。二人とも、機嫌が良いときなどは特に。つい最近、丸二日も出会うことがなく、三日目にバッタリ出会ったときなどは、僕らは挨拶のために帽子に手をかけそ

1　A・N・プレシチェーエフ（一八二五〜九三年）、ロシアの詩人、作家。ドストエフスキーとは一八四六年に知り合い、終生親しい友人であった。一八四七年、ドストエフスキーは、プレシチェーエフの紹介でペトラシェフスキーの会合に出席するようになった。

2　Iv・S・トゥルゲーネフの詩「花」（一八四三年）より。語句を多少変えてエピグラフとして使用している。

うになったが、幸いすんでのところで二人とも気づいて、手を下ろし、思いやりの気持ちをこめて互いの傍《そば》を通り過ぎた。

僕は建物とも知り合いだ。僕が歩いていると、どの建物もまるで僕の目の前の通りに走り出てきて、目を大きく見開くようにすべての窓から僕をみつめて、話し出さんばかりなのだ――「こんにちは、お元気ですか？　私はおかげさまで元気で、五月には一階建て増しになるんですよ」あるいは、「お元気ですか？　私は明日は修理なんです」あるいは「私は危うく火事で燃え落ちるところで、いやはや仰天しましたよ」等々。なかでも僕にはいくつかお気に入りもあるし、親しい友人もある。その一つがこの夏、建築家の治療を受けることになっている。まずい治療でひどい目に遭わされたりしないように、僕はわざわざ毎日立ち寄ってみるつもりだ。どうぞ神様、彼を守りたまえ！……それにしても、ある、それは綺麗な明るいピンクの家のエピソードは、決して忘れられやしない。実に可愛らしい石造りの小さな家で、たいそう愛想よく僕をみつめてくれるし、真《まこと》に堂々と不恰好な隣人どもを見下ろしているので、僕はその脇を通り過ぎる度に、嬉しくて胸を躍らせたものだ。それが突然、先週、僕が傍を通りかかり、友人の方を見てみると、悲痛な叫び声が聞こえた。「私は黄色に塗られてしまうんです！」。悪党ども！　野蛮人！　連中は情け容赦なかった。私の友人は、円柱も軒蛇腹も、カナリヤみたいに真っ黄色になってしまった。この件では僕は憤懣《ふんまん》やる方なく、こちらが黄疸《おうだん》になりそうだったし、いまだに大清帝国の旗の色に塗られて台無しになってしまった気の毒な友の姿を見る気がしないほどだ。

さあ読者の皆さん、これで僕がペテルブルグとどんな知り合いであるのか、おわかりでしょう。

すでにお話ししたとおり、僕は、丸三日間、不安に苛《さいな》まれていた。その不安の原因に思い至るまで。通りでも気分が悪かったし、（あいつもいないし、こいつもいない、あれはどこへ行ってしまったのか？）——家にいても何とも落ち着かなかった。二晩あれこれ考えた——僕の部屋の何が足りないのか？　ここにいると、なぜこうも居心地が悪いのか？　そして当惑しながら自分の部屋の緑色の煤《すす》だらけの壁や、マトリョーナが見事に育て上げた大きなクモの巣に一面覆われた天井を仔細に見たり、家具全体を見直して、ここに不幸の原因があるのではないかと、椅子の一つ一つを点検したりもした（というのも、僕は、たとえ椅子一つでも昨日と違う置き方がしてあると、気分が落ち着かないからだ）。窓も見たが、すべては無駄だった……。少しも楽にならないのだ！　僕は、マトリョーナを呼びつけ、ただちにクモの巣および全般的なだらしなさについて、家父長的叱責を行うことまで考えついた。ところが、マトリョーナは、ただ呆気《あっけ》にとられて僕の顔を見つめただけで、何一つ答えずに、ぷいと向こうへ行ってしまったので、クモの巣は今に至るまで、元の場所に健在である。そしてとうとう、今朝になってようやく、何が問題なのか、僕はわかったのだ。あああそうか！　あいつらが、僕を置いて別荘にずらかろうとしているからだ！　低俗な言葉を使って失礼。でも今の僕は、高尚な文体どころじゃないんだ……。なにしろペテルブルグにあったものが何もかも、別荘に引越してしまったか、引越し中なのだから。辻馬車を拾っていた押し出しの堂々たる立派な紳士が、誰も彼も、僕の目の前でたちまち一家の尊敬すべき父親に変身して、日常の勤務を終えるや、身も軽々と、自身の家族の懐《ふところ》へ、つまりは別荘へと旅立ってゆくのだから。あらゆる通行人が今や完全に特別な様相を呈しており、出会った人の誰彼に、今にもこんなふうに言いそうなのだ。「皆さん、私たちが今ここにいるのは、ただなんとなく通りすがりでいるだけで、二時間もすれば別荘に行ってしまうんですよ」

初めは細くて砂糖のように白い指がパランパランとガラスをたたいていた窓が、開いたかと思うと、可愛らしい若い女性の顔がそこから覗《のぞ》いて、花の植木鉢を売り歩く行商人を呼び止める——すると、僕はすぐさま、この花は息苦しい街中《まちなか》のアパートで春や花をめでるためなんかじゃなくて、もう間もなく全員で別荘に引越すから、そのとき一緒に持って行くために買ったのだなと、たちまち想像がつくのだ。のみならず、僕は新手《あらて》の特殊な発見に成功して、誰がどんな別荘に住んでいるかを一目で間違いなく言い当てられるようになった。カーメンヌィ島やアプチェカルスキー島、さもなければペテルゴフ街道の住人は、凝りに凝った優雅な物腰や、洒落《しゃれ》た夏服、街へ乗って来る立派な四輪馬車が際立っている。パルゴロヴォやもう少し先の住人は、一目見ただけでこれは思慮分別のある堂々たる人物だとこちらに《思いこませる》。クレストフスキー島の訪問者の特徴は常に変わらぬ陽気さだ。[3]

3　これらの島は、ペテルブルグ住民にとって恰好の夏季の保養地だった。町の北部にあるカーメンヌィ島にはツァーリ一族や貴族の、アプチェカルスキー島は上流階級の、クレストフスキー島には中流階級の別荘が多かった。パルゴロヴォの別荘地では一八四八年の夏、ドストエフスキー自身が兄の家族と共に過ごした。町の南に位置するペテルゴフ街道に隣接する地には上流階級の別荘が並んでいた。

荷馬車の長い行列の横を、手に手綱を持って気怠《けだる》げに歩いてゆく御者たちに出会うこともよくある——その荷台には、ありとあらゆる家具——机だのトルコ風や非トルコ風の長椅子だの、その他雑多な家財道具が山のように積み上げられ、それらすべての荷物の天辺《てっぺん》にはしばしば、掌中の珠のように大切に旦那様の財産を守っている貧弱な料理女が座っていた。家財道具を重たげに積み込んだボートが、ネヴァ河やフォンタンカ運河を滑るようにチョールナヤ・レーチカや群島まで下ってゆくのを見かけたこともある。

こうしていると僕の目の前で荷車やボートが十倍にも百倍にも増えてゆくのだ。なんだか何もかもが一斉に立ち上がって出発し、いくつもの隊列《キャラバン》を組んで別荘に大移動して行くようだ。ペテルブルグ全体が今にも荒野に変身してしまいそうで、ついに僕は恥ずかしく悔しく、そして悲しくなった。僕は、別荘地に行く当ても、理由もまったくなかったからだ。僕としては、どの荷車でもいい、辻馬車を雇った押し出しの立派な、どの紳士でもいいから、喜んで一緒に別荘に連れて行ってもらいたかった。ところが、一人も、見事に誰一人として、僕を招待してはくれなかったのだ。まるで僕のことなど、忘れてしまったかのように、僕なんかあの連中にとっては、まるきり赤の他人であるかのように！

僕は長いこと、たっぷり歩き回ったおかげで、いつもの癖で、自分がどこにいるのかすっかり忘れてしまった頃、ふと気づいたら、市街地の境の検問所の前だった。たちまち僕は愉快になって、遮断機をくぐると、種蒔《ま》きを終えた畑と草原の間を歩き出した。疲れは覚えず、ただ僕の心から何かの重荷が下りてゆくのを全身で感じていた。通りすがりの人が誰も彼も、それは愛想よく僕の顔を見てくれて、本当にもう少しでお辞儀でもしそうなのだ。皆が皆、何かが嬉しくてたまらず、一人残らず全員が葉巻を吸っていた。僕もいまだかつて経験したことがないほど嬉しかった。まるで急に、イタリアにでもやって来たみたいだ――それほど自然が、街中の壁に囲まれてほとんど窒息しかけた半病人の僕に与えた感動は強烈だったのだ。

我らがペテルブルグの春には、何やら説明しがたいほど胸を打つものがある。春の訪れとともに、春があらん限りの力を、天から与えられた威力を一気に発揮して、新緑に包まれ、装いを凝らし、色とりどりの花々で派手に着飾るときは……。

これを見ているとなぜかひとりでに、こんなことが思い浮かんでくる。皆が時には憐憫《れんびん》の情を抱き、時には同情的な愛情を抱くか、あるいは単にその存在に気づきもしないような、か細いひ弱な女の子が、突然、一瞬のうちに、思いがけず、えも言われぬ素晴らしい美人に変身してしまい、こちらは呆然《ぼうぜん》となり、うっとりとして、思わず自問する――いかなる力が、あの悲しげでもの想わしげな瞳に、あんな炎を煌《きら》めかせたのか？　何ゆえにあの蒼白い痩《や》せこけた頬に赤みが差したのか？　何があの優しい面差《おもざ》しを情熱で包んだのか？　なぜあの胸はあんなに膨らんでいるのか？　何があの哀れな女の子の顔に、力や生命や美を突然、呼び覚まし、あんな微笑《ほほえ》みで顔を輝かせ、あんなに明るく火花のように煌めく笑いで生気を蘇《よみがえ》らせたのか？　こちらは辺りを見回し、誰かを探し求め、誰が原因なのかを言い当てようとする……。

ところが、そんな一瞬は、あっという間に過ぎ去り、ひょっとするともう翌日には、以前と同様のもの想わしげで虚《うつ》ろな眼差《まなざ》し、同じ蒼白い顔、従順でおずおずとした物腰、それに過ぎ去った興奮に対するどこか重苦しい憂愁や悔しさの痕跡さえ目にすることになるのだ……。それを見たこちらは、もう二度と取り戻せない一瞬の美が、萎《しお》れてしまったこと、彼女がこちらの目の前で煌めいて見せたのは、単なるまやかしで、実に空《むな》しかったこと、彼女に恋をする暇もなかったことが残念でならない……。

それでも僕の夜は、昼間よりは素敵だった！　それは、こんなふうだったのだ。

僕が市街に戻ったのは随分遅くて、下宿している家に近づいたのは、すでに時計が十時を打った頃だった。僕の帰り道は運河沿いにあり、この時間には誰一人出会う人もいない。そう、実は、僕は町の一番外れに住んでいるのだ。僕は歩きながら唄っていた。というのも、嬉しいときに喜びを分かち合える親友も善良な知人もいない者が誰でもそうするように、僕は幸せなときは必ず一人で鼻歌を唄うからだ。と、突然、僕の身の上に、最も思いがけない出来事が起きたのである。

少し離れた運河の手摺《てす》りに寄りかかって、女の人が立っていた。鋳鉄で作られた柵の上の手摺りに肘《ひじ》をついて、彼女は運河の濁った水をじっとみつめているようだった。実に可愛らしい黄色の帽子《ボンネット》をかぶり、チャーミングな黒のケープを羽織っている。《この女の子の髪は、きっとブリュネットだな》と僕は思った。彼女はどうやら僕の足音は聞こえなかったらしく、僕が息をひそめ、心臓をドキドキさせながら横を通り過ぎたときも、じっとしたまま、ピクリともしなかった。《変だな！　たぶん、何かよっぽど深刻な考え事をしているんだろう》と僕は思ったが、不意に、その場に釘づけになって立ち止まった。

押し殺した嗚咽《おえつ》が聞こえたからだ。そうだ！　確かに間違いない。彼女は泣いていたのだ。そして一分後には、さらに激しい咽《むせ》び泣きになっていた。ああ、なんてことだ！　僕は胸が締めつけられた。いかに僕が女性に対して臆病とはいえ、今はなにしろこんな瞬間だ！……。僕は引き返して、彼女の方へ身を屈《かが》め、必ずや「お嬢さん！」と声をかけたはずだった――こんな呼びかけが、ロシアの上流社会を描いたあらゆる小説の中で、もう千回も発せられていることを知りさえしなかったなら。この一事のみが僕を押し留《とど》めたのだ。ところが僕が適当な言葉を探している間に、少女は我に返って、周りを見回すと、はっとして、俯《うつむ》き加減に僕の脇をすり抜けて、運河沿いに歩いて行ってしまった。僕はすぐさま彼女の後を追いかけたが、彼女はそれに気づくと、運河沿いの道を離れて通りを渡り、歩道を歩きはじめた。僕は道を渡る勇気はなかった。僕の心臓は捕まえられた小鳥のようにぴくぴくと震えていた。すると突然、ある出来事が、僕の応援に現れてくれたのだ。

向こう側の歩道の、名も知らぬ僕の彼女のすぐ傍に、燕尾服を着た紳士がいきなり出現したのだ。貫禄のある年配の紳士だが、年配にふさわしいシッカリした足取りとはとても言えない。ゆらゆらと身体を揺らしながら、用心して壁に凭《もた》れながら歩いている。少女の方は、深夜に「お送りしましょう」などと誰かに申し出られたら困ると思う少女なら誰でもそうであるように、矢のように速く、怖気《おじけ》づいて急ぎ足で歩いていた。むろん、ふらふらしている紳士は、とても彼女に追いつけやしなかっただろう。もし僕の運命が彼を唆《そそのか》して、突拍子もない方策を思いつかせなかったならば。

突如として、我が紳士は、誰にも一言も告げずに、ひょいとその場を離れると、全速力で飛ぶが如く、名も知らぬ僕の彼女を追いかけて走り出したのだ。彼女は風のように速く歩いていたが、それでも千鳥足の紳士はみるみる追い詰め、ついに追いついてしまった。少女は悲鳴をあげた――そして……僕はそのときたまたま右手に素晴らしい節くれだったステッキを持っていたことを、運命に感謝する。僕はたちまち向こう側の歩道に駆けつけ、招かれざる紳士もたちまち事の次第を察し、これは到底撃退できる相手ではないと観念して、口を噤《つぐ》んだまま、彼女に付きまとうのを断念した。ただし、僕らがもはや遥か彼方に離れてしまってから、僕に対してかなり乱暴な言葉で抗議した。しかし、その言葉も僕らにはほとんど聞こえなかった。

「さあ手を貸して」と、僕は名も知らぬ彼女に言った。「そうすれば、あの男も、もう僕らにうるさく付きまとったりしないでしょう」

彼女は黙ったまま、興奮と驚愕《きょうがく》でまだ震えている手を僕に差し出した。おお、招かれざる紳士よ！　この瞬間、僕はどれだけ君に感謝したことだろう！　僕は、ちらりと彼女を見た。とても可愛らしい顔で、髪はブリュネットだった。思った通りだ。黒い睫《まつげ》にはまだ涙が光っていた。たった今の驚愕のせいか、それともその前の悲しみゆえか――それはわからない。しかし唇にはもう、微笑みが輝いている。彼女も僕の顔をそっと見上げると、少し顔を赤くして、俯いた。

「ほらごらんなさい。いったいどうしてあのとき、僕を追っ払ったりしたんです？　僕が一緒にいたら、何も起こらなかったでしょうに……」

「でも私、あなたのことを知らなかったんですもの。あなたもやっぱり、と思ったもんだから……」

「じゃあ今は僕のことを知っているんですか？」

「ちょっぴりだけ。ほらたとえば、どうしてあなたは震えているのかしら？」

「ああ、あなたはいっぺんで見抜いたんですね！」この娘《こ》は頭がいいんだ、と有頂天になって僕は答えた。美人なら頭がいいことは、一つも邪魔にならない。「そう、あなたは、僕がどういう男かいっぺんで見抜いたんだ。たしかに僕は女性に対して臆病《シャイ》で、今、動揺していることは認めます。ほんのちょっと前にあの紳士に脅《おど》かされたときのあなたに負けないぐらい……。僕は今、なんだか脅《おび》えているんです。まるで夢みたいだ。夢の中でさえ、いつかどこかの女性と話をすることがあるなんて、思いもしなかった」

「どうして？　まさか、本当？」

「ええ。もし僕の手が震えているのだとすれば、それは、あなたのような可愛らしい小さな手に握られたことなど、これまで一度もないからです。僕はすっかり女の人と疎遠になってしまった。いや、実は、女の人と付き合ったことなんて、一度もないんです。だって僕は一人ぼっちだから……。女の人とどんなふうに話したらいいかさえ知らないんです。今だってわからない――あなたに何か馬鹿なことを言いませんでしたか？　率直に言ってください。言っておきますが、僕は腹を立てたりしませんから……」

「いいえ何も。むしろその反対よ。率直に言ってもらいたいというのなら、言いますけれど、女性は、そういうシャイなところが好きなものよ。もっと知りたいとお望みなら、私もシャイなのは好きよ。だから、追っ払ったりしないで、私の家まで送っていただくわ」

「あなたのおかげで僕は」歓喜のあまり息が詰まりそうになった。「すぐにシャイでなくなりますよ。でもそうすると、僕の使える手もすべておしまいだな」

「使える手？　手って何のこと、何のために？　それは良くないことね」

「僕が悪かった。もうやめます。うっかり口が滑ったんです。でもこんなときに願望を抱かないなんてことができるでしょうか……」

「願望って、気に入られたいってこと？」

「ええ、まあそうです。どうぞお願いですから、僕がどういう人間だか、考えてもみてください！　だって僕はもう、二十六歳にもなるのに、誰とも一度も出会ったことがないんですよ。これでどうしてタイミングよく気の利いた話し方なんてできるでしょう？　すべてあけすけに、僕が何も隠さずに話した方が、あなたにとっても好都合でしょう……。僕の中で心が語りはじめると、黙っていられないんです。もうこうなったら、どうだってかまうもんか……。信じられますか？　今まで一度も、一人の女性もいないんです！　まるきり知り合ったこともないんですよ！　ただ毎日、ついにいつか誰かに出会える日を夢見てきたんだ。今までいったい何度、こんなふうに恋をしてきたことか、あなたが知っていたらなあ！……」

「でもどんなふうに、誰に恋をしたの？……」

「いや、誰にも。夢に見る理想像に恋をしてきたんです。僕は夢想の中で、ありとあらゆる物語《ロマン》を創りあげてきました。ああ、あなたは、僕みたいな男がわからないでしょうね！　そりゃあ二、三人の女性と会ったことがないわけじゃないですよ。でもそれは、どんな女性でしょう？　皆、そこらのおかみさんばかり……。でもね、ちょっとあなたを笑わせてあげましょう。実はね、何度か、通りで貴婦人に気さくに話しかけてみようと思ったことがあるんですよ。言うまでもなく彼女が一人のときにね。もちろん、おずおずと、恭《うやうや》しくかつ情熱的に。僕は一人ぼっちで破滅しかけているので、どうか僕を追っ払わないでください、どんな女性とも知り合う方策がないのですと言って、僕みたいにこんなに不幸な人間のおずおずとした懇願は、撥《は》ねつけてはいけない、受け容《い》れるのが女性の義務でさえあると、彼女に吹き込もうとしたのです。要するに、僕が要求していたのは、ただ一言か二言、何か好意的な言葉を同情をこめてかけてもらいたい、端《はな》から退けたりしないで、僕の言葉を信用して、話を最後まで聞いてもらいたい、なんだったら、僕を笑ってもかまわないから、僕を励ます言葉をほんの一言、二言でいいからかけてもらいたい、それっきりもう二度と会わなくてもかまわないから！……ということだったんです。……あれ、あなたは笑っていますね……。もっとも、そのためにこんな話をしたのだけれど……」

「気を悪くしないでね。私が笑っているのは、あなたが自分で自分を苦しめるようなことをしているからよ。もしあなたがそれを試してみたら、たとえ行き当たりばったりの相手でも、たぶんうまくいくかもしれないわ。なるべくさりげなくする方がうまくいくんですもの……優しい女性なら誰だって、彼女がよほどの馬鹿か、その瞬間、特別に何かに腹でも立てていない限り、あなたがそんなに遠慮がちになんとかお願いしますと頼んでいるのに、ちょっとした一言、二言の声もかけずに、あなたを追い払う決心なんかつかないはずだわ……。でも、私、何を言っているんでしょう！　もちろん、あなたのことを狂人だと思うかもしれないわね。だって私は自分流に考えたんですもの。私だって、世間で皆がどんな生き方をしているのか、色々と知っているんですから！」

「ああ、あなたに感謝します」と僕は叫んだ。「あなたは知らないでしょうが、僕にとってどれだけのことを今、してくれたことか！」

「結構よ、もう十分！　それより教えてちょうだい、あなたはどうしてわかったの、私がそういう女性だってことが。つまり一緒に……そんな価値がある……関心を払って友情を結ぶだけの……一言で言えば、あなたの言うところのおかみさんじゃないってことが。あなたは、どうして私の方に近づいて来る気になったの？」

「どうして、どうしてだって？　だってあなたは一人きりだったし、あの紳士は大胆すぎて、しかも今は深夜だし。これは僕の義務だってことは、あなたも同意するでしょう……」

「いいえ、そうじゃなくて、その前の、まだ道の向こう側にいたときよ。あなた、私の方に近づこうとしたでしょ？」

「向こう側にいたとき？　いや実は、僕もどう答えたらいいかわからないんだ。ちょっと言いにくいんだけれど……つまりね、僕は今日は幸せだったんです。歩きながら歌を唄って、郊外に行ってきたんですよ。あんなに幸せな瞬間は一度もなかったくらいだ。あなたは……もしかすると、僕がそんな気がしただけかもしれないけれど……。もし思い出させてしまったら、ごめんなさい。あなたは、泣いていたような気がしたもんだから僕は……僕はそれを聞いていることができなかったんです……胸が締めつけられて……ああ、なんてことだ！　あなたのことを心配しないわけにはいかなかったんですよ！　あなたに対して、友としての同情の念を抱くことは罪だったでしょうか？……ごめんなさい、同情だなんて言ってしまって……。つまり、一言で言えば、思わずあなたの方に近づこうという気を起こしたからといって、まさかあなたは怒ったりしないでしょう？」

「もうやめて、十分よ。それ以上、言わないで……」少女は俯いて、僕の手を握り締めた。「そのことを話しはじめた私の方が悪いのよ。でも、あなたが、思っていた通りの人で嬉しいわ……でももう家に着いちゃったわ。ここの横町に入ったらすぐそこなの……。さようなら。どうもありがとうございました……」

「まさか僕たち、もうこれっきりで二度と会えないの？……まさかこのまんま終わってしまうなんて！」

「ほらね」と少女は笑いながら言った。「初めはね、ほんの一言か二言だなんて言っていたくせに、今は……でも私は何も言わないわ……たぶん、また会えるでしょう……」

「僕は明日ここに来ます」僕は言った。「ああ、ごめんなさい、僕はもう要求していますね……」

「そう、あなたはせっかちね……。もうほとんど要求しているわね……」

「いいですか、ちょっと聞いてください！」僕は彼女の言葉を遮った。「また何か変なことを言ってしまったら、ごめんなさい……。でも、こういうことなんです。僕は明日、ここに来ずにはいられない。僕は夢想家なんです。僕には現実の生活というものがわずかしかないので、今のようなこういう瞬間は極めて稀《まれ》だと思います。だからこういう一瞬一瞬のことを夢想の中で何度も繰り返さずにはいられないんですよ。僕はあなたのことを一晩じゅう、丸々一週間、丸一年間だって夢想し続けるでしょう。必ず明日ここに来ます。まさにここ、この場所に、この時間に。そして前の日のことを思い出して幸せに浸るのです。もはやこの場所が僕にとっては愛《いと》しいものなんだ。僕にとってそういう場所がペテルブルグには二、三か所あるんです。一度なんか、思い出のせいで泣いてしまったことさえあるくらいなんだ。あなたみたいに……。もしかしたらあなたも、十分前に泣いていたのは、思い出のせいなのでは……。いや、すみません、僕はまたつい夢中になってしまって、もしかしたらあなたは、いつかここで特別に幸せなことがあったのかもしれない……」

「いいわ」少女は言った。「私、たぶん、明日ここに同じ十時に来るわ。もうあなたに来てはいけないなんて言えそうもないんですもの……。実はね、私、ここに来なくてはいけないの。あなたにデートの約束をしたなんて思わないでね。先に言っておきますけれど、私は自分のためにここに来なくちゃいけないの。でもね……もういいわ、あなたにはハッキリ言ってしまいます。あなたが来てもかまわないの。第一、今日みたいにまた不愉快なことがあるかもしれないでしょ。でもそれは別の話よ……。要するに、私はただ、あなたに会いたいの……ほんの一言、二言声をかけるためにね。ただし、ねえ私を責めたりしないでね。私がこんなにお手軽にデートの約束をするなんて、思わないで……。私だってこんな約束はしなかったはずよ、もしあれが……。まあそのことは内緒にしておきましょう！　ただし、まず約束してほしいの！」

「約束だって！　言ってください、何でも先に言って。僕は何にでも同意します。何でもオーケーです」僕は有頂天で叫んだ。「自分の責任を果たします。あなたの言うとおりに従うし、礼儀正しくあなたを尊重します……あなたは僕という人間をご存じでしょう……」

「そう、あなたをよく知っているからこそ、明日来てくださいと言っているのよ」少女は笑いながら言った。「私、あなたのことをもうすっかりわかっているわ。ただし、いいわね、来てくださるのには一つ条件があるの。まず第一に（どうかお願いだから、私が頼むことを実行してくださいね――ねえ、私、何も隠さずにお話ししているのよ）、私に恋をしないでください……。それはダメなの。ハッキリ申し上げておくわ。友情は歓迎よ。ほら、私の手を取って……。でも恋愛はダメなの。お願い！」

「誓います」彼女の小さな手を取って、僕は大きな声で答えた。

「やめて、誓ったりしないで。だって私、知っているんですもの。あなたは火薬みたいにパッと燃え上がってしまう方でしょ。私がこんなことを言っても、どうぞ私を責めないでね。もしあなたが知っていたら……。私だって誰もいないのよ。一言だって話せる相手も、アドヴァイスを求められる人もね。まさか通りでアドヴァイザーを探すわけにはいかないでしょ。あなたは例外よ。あなたのことは、まるでもう二十年も親友だったみたいによくわかっているわ……。そうでしょ、あなたは裏切らないわね？……」

「おわかりでしょう……ただ僕は、これから丸一日どうやったら生き延びられるか、それがわからないんだ」

「なるべくぐっすり眠ることよ。おやすみなさい。そして、私がすっかりあなたを頼りにしていることを憶えていてね。それにしても、さっきのあなたの心からの叫びは本当に良かったわ。あらゆる感情は、友人としての同情の気持ちでさえ、なかなか説明できないものよね！　それが、あなたの言い方がとても良かったから、私は、たちまちあなたなら信頼できるって閃《ひらめ》いたの……」

「ああ、お願いだから。信頼できるって、何を？　何のこと？」

「それはまた明日ね。今は秘密にしておきましょう。その方があなたにとってもいいわ。遠目にはちょっと小説《ロマン》みたいに見えるでしょ。もしかしたら明日お話しするわ。もしかしたら、しないかもしれないけれど……。あらかじめあなたともうちょっとお話ししたいの。私たち、もっとよくお互いに知り合いましょう……」

「ああ、そうですね。僕は明日、自分について何もかもお話しします！　でもこれはどういうことなんだろう。まるで僕の身に奇跡が起きているみたいだ……。ああ、僕はどこにいるんだろう？　ねえ、言ってください。あなたは、他の女性みたいに初《しょ》っ端《ぱな》で腹を立てて僕を追い払わなかったことを、本当に後悔していないんですか？　たった二分であなたは僕を永久に幸せにしてくれました。そう！　幸せに。ひょっとするとあなたは、僕を僕自身と和解させてくれた、僕の疑念を解決してくれたんだ……。ひょっとすると僕にそういう瞬間がやって来ているのかもしれない……。とにかく僕はあなたにすべてをお話しします。何から何までわかります。何もかもが……」

「いいわ、了解よ。あなたから始めてね……」

「了解」

「さようなら！」

「さようなら！」

そして僕らは別れた。僕は一晩じゅう歩き回っていた。家に帰る気がしなかったから。それほど幸せだったのだ……。また明日！

第二夜

「ほら、ちゃんと生き延びられたじゃない！」彼女は笑って僕の両手を握りながら言った。

「僕はもうここに二時間もいるんですよ。僕が一日じゅうどうしていたか、あなたは知らないでしょう！」

「知っているわ。知っていますとも……。でも肝心な点に取りかかりましょう。何のために私がここに来たと思う？　昨日みたいなつまらない無駄なお喋《しゃべ》りのためじゃないの。こういうことよ。これからは私たち、もっと賢く行動しなくちゃ。私、あれこれ、昨日は長いこと考えていたの」

「どういう点でもっと賢くなるんです？　僕は何でもやりますよ。でも実は、人生で今ほど賢く振る舞ったことは、僕は一度もないんだけどな」

「本当に？　まず第一に、お願いだからそんなにぎゅっと私の手を握り締めないで。次に、ハッキリ言っておきますけど、私は今日、あなたのことを長い間、じっくりと考えてみたの」

「で、最終的にどうなりました？」

「最終的に？　何もかも、もう一度、一から始めなければいけないと思ったの。というのも、結局、あなたのことを私はまだ何も知らないし、私の昨日の振る舞いは、まるで子供、小さな女の子みたいだったと、今日結論を下したからなの。もちろん、すべて悪かったのは私の優しい心のせいだということになりました。つまり私たちが自分のことをあれこれ分析し始めると、いつも最後はそうなってしまうのだけれど、私は自分をやけに褒《ほ》め称《たた》えたわけね。それで、この間違いを訂正するために、なるべく詳細にあなたのことを探り出すことにしたの。でもあなたのことを詳しく訊《き》ける相手なんていないのだから、あなたが自分で何もかも、それこそ裏の裏まで真実を話してくださらなくちゃいけないのよ。あなたはいったいどういう人間なの？　さあ早く――自分の物語を話し始めてちょうだい」

「物語だって！」僕は仰天して叫んだ。「物語！　でもいったい誰が、僕に物語があるだなんて、あなたに言ったんでしょう？　物語なんて何もありませんよ……」

「物語がなかったら、いったいどうやって生きてきたの？」彼女は笑いながら口をはさんだ。

「物語なんて、まるきり何一つないですよ！　よく言うように一人きりで、つまり、まるきり一人で生きてきたんです――完全に一人ぼっちで――一人ぼっちとはどういうことか、わかりますか？」

「どうして一人ぼっちなの？　つまり、一度も誰とも会ったことがないわけ？」

「いや、会うことは会いますよ——それでも僕は一人ぼっちなんだ……」

「どうして？　まさか誰とも口をきかないの？」

「厳密に言えばそうですね」

「まあいったいあなたはどういう方なの、説明してちょうだい！　ちょっと待って、私が当ててみるわ。たぶんあなたには、私と同じようにお祖母《ばあ》さんがいるのね。うちのお祖母ちゃまは目が見えないの。それで、もうずっと私をどこへも出してくれないから、私はお喋りの仕方もほとんど忘れちゃったわ。二年ほど前に私がさんざん悪戯《いたずら》をしたとき、お祖母ちゃまは、とても私をじっとさせておくことはできないと思って、いきなり私を呼びつけると、私のドレスをピンで自分のドレスに留めてしまったの。というわけで、それ以来、私たち二人は毎日、一日じゅう一緒に座っているのよ。お祖母ちゃまは目は見えないけれど、靴下を編んでいて、私はその横にじっと座ってお針仕事をしたり、お祖母ちゃまに本を朗読してあげたり——そうしてもう二年もピンで繋《つな》がれたままの奇妙な習慣が続いているの……」

「ああ、なんて不幸なんだろう！　いや、僕にはお祖母さんなんていませんよ」

「お祖母さんがいないなら、いったいどうして家にじっとしていられるの？……」

「まあ聞いてください。僕がどんな人間だか、あなたは知りたいのですか？」

「そう、そうなのよ！」

「知りたいって、本当に、たしかに？」

「正真正銘、本当によ！」

「それならよろしい。僕は、あるタイプの人間なんです」

「タイプ、タイプですって！　どんなタイプなの？」少女は、まるで丸一年も笑うことができなかったみたいにハハハと笑って、叫んだ。

「まあ、あなたといると、なんて楽しいんでしょう！　見て。ここにベンチがあるわ。腰掛けましょう！　ここは誰も通らないから、誰にも聞かれないわ。だから——あなたの物語を始めてちょうだい！　だってあなたに何の物語もないなんて、私はどうしても信じられないんですもの。あなたはただ隠しているだけなのよ。まず第一に、そのタイプって、いったい何なの？」

「タイプですか？　そのタイプってのは、変人のことです。実に滑稽な人間なんです！」僕も彼女の子供のような笑いにつられてワハハと笑いながら答えた。「そういう性格の人がいるんです。いいですか、あなたは夢想家とは何者か知っていますか？」

「夢想家ですって！　失礼ね、知らないはずがないでしょう！　私自身が夢想家なんですもの！　お祖母ちゃまの横に座っていると、時々それこそありとあらゆる考えが浮かんでくるの。一度夢想しはじめたら最後、もうどこまでもあれこれ夢は広がってしまい――そうね、中国の王子様のところにもお嫁に行ってしまうぐらい……。時にはいいものよね――夢想するって！　いえ、でもいいかどうかなんて、わからないわ！　特にそれでなくても考えるべきことがある場合は」少女は、今度はかなり真面目な顔で付け加えた。

「素晴らしい！　中国の皇帝のところにお嫁に行ったことがあるぐらいなら、僕のこともすっかりわかってくれますね。まあ聞いてください……でも失礼だけど、僕はまだあなたの名前も知らないんですが……」

「まあ、やっとね！　気がつくのが遅すぎるわ！」

「ああ……いや僕はそんなこと、思いつきもしなかった。ただ話せるだけで、あんまり嬉しかったから……」

「私の名前は――ナースチェンカよ」

「ナースチェンカ！　それだけ？」

「それだけよ！　これだけじゃ足りない？　あなた、欲張りねえ！」

「足りないだって？　十分ですよ、足りないどころか、十分すぎるぐらいだ、ナースチェンカ。あなたは本当に優しい善良な女性ですね、初めからナースチェンカと呼ばせてくれるなんて！」

「そうでしょう！　さあ早く！」

「それじゃナースチェンカ、聞いてくださいよ、どんな滑稽な話になるか」

僕は彼女の横に座り、学者気取りの厳格な真面目くさったポーズを取り、まるで書き物を読み上げるように話しはじめた。

「ナースチェンカ、あなたは知らないでしょうがね、このペテルブルグにはかなり奇妙な片隅がいくつかあります。それらの場所には、全ペテルブルグ市民にとって同じように輝いているはずの太陽の光が差さないで、あたかもそれらの片隅のためにわざわざ注文されたような、何か別の新しい太陽の光が、他とは異なる特別な光ですべてを照らしているのです。これらの片隅ではね、可愛いナースチェンカ、我々の周りで活気に満ちて沸き立っている生活とは似ても似つかぬまったく別の生活が営まれています。それは、我々のこの真面目極まりない現代ではない、どこか遠い遠いお伽《とぎ》の国でしかあり得ないような生活なんです。その生活というのは、まったく幻想的な、熱く理想的な何かと、同時に（残念ですがね、ナースチェンカ！）どんよりと散文的な、信じられぬほどの俗悪そのものとは言わないまでも、ごくありきたりのものの混合物なのです」

「まあいやだ！　なんていう前置きなの！　これから聞かされる内容はどんなものなんでしょう！」

「その内容はね、ナースチェンカ（僕はどうやらナースチェンカという名前は何度呼んでも呼び飽きないみたいだ）、こういうことなんです。これらの片隅に住んでいるのは、奇妙な人々──夢想家なんですよ。夢想家とは、詳細に定義づければ、人間ではなく、そうですね、一種の中性的な生き物です。彼は大半の時間、人を寄せつけない片隅で生息し、日中の陽の光さえ避けるように、そこに身を潜めているんです。そして自分の中に閉じ籠《こも》るとなったら、まるでカタツムリみたいに、自分の一隅《いちぐう》にぴったりと貼りついたようになってしまう。さもなければ、少なくともこの点で彼が極めて似ているのは、あの興味深い動物──動物でもあり家でもある、亀という名のあれですね。あなた、どう思いますか。なぜ彼は、自分の部屋の四方の壁――必ずや緑のペンキで塗られた、煤だらけで陰鬱《いんうつ》で、タバコのヤニが許し難いほど染みついたあの壁をあんなにも愛するんでしょう？

どうしてこの滑稽な紳士は、彼の数少ない知人の誰かが（彼の知人は誰も彼も、次々と姿を消すという結末になるのですが）、せっかく訪ねて来ても、その知人をいかにも困惑げに、顔色を変えて出迎えるんでしょう？　まるでたった今、例の四方を壁に囲まれた空間で犯罪でも犯したか、贋金《にせがね》でも作っていたか、さもなければ、雑誌に送るためにへぼな詩を書いていたか、しかもこの詩を書いた本物の作者はすでに亡くなっているのだが、その友たる自分は彼の詩を公刊することを神聖なる義務であると考えているという内容の匿名《とくめい》の手紙までわざわざ添えて――そんなことでもしていたかというほどの狼狽《ろうばい》ぶりなのです。

ナースチェンカ、教えてもらいたいのです。訪ねて来た友と夢想家の会話はどうしてこうも弾まないのか？　どうしてこの突如闖入《ちんにゅう》したあげく、すっかり困惑の体《てい》となった友人の口からは、笑いもウィットのある言葉の一つも漏れないんでしょう？　この男はいつもなら、極めて笑い好きで、口も達者、女性の話や、その他愉快なテーマは大好きときているのに。いったいどうして、おそらくつい最近知り合ったばかりのこの男は、初めての訪問でいきなり——というのも、この調子では二回目の訪問はもはやあり得ないし、この友人は二度とふたたびやって来ないでしょうからね——この友人自身が、かなりウィットに富んだ男のはずなのに（もっともウィットがあるかどうかはわかりませんがね）、主人の呆気にとられて仰《の》け反《ぞ》った顔を見ているうちに、どうしてこれほど当惑し、硬直してしまうのか？　当の主人は主人で、何とか滞った会話をなめらかかつ多彩に弾ませ、自分も世間のことを人並みに知っているところを見せようと、女性について話し始めたり、せめてこうした従順さを示すことで、とんでもないところへ間違って遊びに来てしまった気の毒な知人に、なんとか気に入ってもらおうと、甚大かつ空しい努力をしたあげく、もう何が何だかわからなくなって、周章狼狽の極みに至っているのです。

　そしてついに客人は、ありもしない緊急不可欠の用事を突如として思い出し、帽子を摑《つか》んだかと思うと、そそくさと出て行こうとするのはなぜなんでしょう？　主人はどうにかして自分の後悔の念を表現し、失われたものを取り戻そうと、必死になって、熱く友の手を握り締めているのに、客人はその手を振りほどいて、出て行ってしまうのです。

どうしてこの去りゆく友は、扉の外に出るや否や、呵々大笑して、こんな変人のところには二度と来るもんかと誓いを立てるのでしょう？　もっともこの変人は、本質的には実に素晴らしい奴なんですがね。と同時に、どうしてこの変人は、ちょっとした気紛れな想像を抑えることができないのでしょう？　たとえば、ついさっきまで一緒に話していた友人の顔つきを、会っている間じゅう、多少こじつけではあるものの、可哀相な仔猫の様子と比べてしまうのです。その仔猫は、子供たちに騙されて捕まえられたあげく、いじくり回され脅かされ、さんざん虐《いじ》められてなぶりものにされてから、ようやく子供たちから逃れて椅子の下の暗い場所に逃げ込んだものの、ほっとしてから丸々一時間は毛を逆立てたり鼻息を荒くしたり、痛めつけられた小さな顔を両前足で洗ったりせずにはいられず、その後もまだ長いこと、自然にも生活にも、また仔猫に同情した食糧当番の召使がご主人の食事の中から仔猫のために取っておいた餌にさえも、敵意の眼差しを向けずにはいられないのです」

「ねえ、ちょっと待って」終始目を見張り、口をぽかんと開けたまま驚いて僕の話を聞いていたナースチェンカが、僕の話を遮った。「あのねえ、今のお話の中のすべてがどうして起きたのか、どうしてあなたが、私にわざわざそんな滑稽な質問をするのか、私にはさっぱりわからないけれど、たぶん、一つだけ私が知っているのは、その出来事は何から何まで、一言一句違わず、まさにあなたの身の上に起きたことね」

「間違いなくそうなんです」僕はしごく真面目な顔つきで答えた。

「もし間違いなくそうなら、先を続けてちょうだい」ナースチェンカは言った。

「だって私、結末がどうなるのか、すごく知りたいんですもの」

「ナースチェンカ、我らが主人公、というより僕が、と言った方がいいでしょう――なにしろこの話のすべての主人公は、僕自身なんですから――僕が自分の部屋の片隅で何をしていたか、あなたは知りたいと言うんですね。僕がなぜ思いがけない友人の訪問のせいで丸一日、あれほど慌てふためいて、途方に暮れたか、知りたいのですね？　僕の部屋のドアが開けられたとき、なぜ飛び上がらんばかりにして、あんなに真っ赤になったのか、なぜ僕が客をうまくもてなすことができず、自身の歓待精神の重圧に圧《お》し潰され、あれほどみじめに破滅したのか、あなたは知りたいのですね？」

「そう、そう！」ナースチェンカは答えた。「そこが聞きたいところよ。でもちょっと待って。あなたの話しぶりは見事だけど、なんとかそれほど見事でない話し方はできないかしら？　さもないと、あなたの話し方はまるで本を読んでいるみたいなんですもの」

「ナースチェンカ！」僕はやっとの思いで笑いを嚙《か》み殺しながら重々しく厳《いか》めしい声で答えた。「可愛いナースチェンカ、僕の話し方が見事すぎるのは自分でもわかっています。でも、すみませんが、こういう話し方しかできないんです。今の僕はね、可愛いナースチェンカ、千年間、ソロモン王によって七つの封印をされて壺に閉じ込められていた霊のようなものです。その七つの封印がすべて解かれたんですから。可愛いナースチェンカ、かくも長き別れの後、僕たちが出会ったとき――というのも、僕はあなたのことをずっと前から知っていたのですよ、ナースチェンカ。僕はずっと前から誰かを求めていたからです。これはつまり、僕が求めていたのはまさにあなたであり、僕ら二人は今出会うことが運命づけられていたということです。今や、僕の頭の中の何千ものバルブが開いてしまったので、怒濤《どとう》のごとく言葉を流出させざるを得ないんです。さもないと、僕は窒息してしまう。というわけなので、どうか僕の言葉を遮らないでください、ナースチェンカ。そしておとなしく静かに聞いていてください。さもないと、僕はもう話しませんよ」

「ダメ、ダメ、ダメよ！　絶対に、お話を続けてちょうだい！　私もう一言も言わないから」

「では続けましょう。僕の親友のナースチェンカ、僕は一日のうちで非常に好きな時間があります。それはほとんどあらゆる仕事も務めも義務も終えて、皆が夕飯を食べたり横になって休むために家路を急いでいるあの時刻です。そんなときは、家に帰る路々《みちみち》、夕方から夜にかけて、これから手元に残された自由な時間について、あれこれ楽しいテーマを思いつくものです。そういう時、僕らの主人公も——というのも、ナースチェンカ、どうか三人称で語ることを許してください。一人称でこういったことすべてを語るのは、ひどく恥ずかしいもんですから——かくして僕らの主人公も、この時間にちょっとした仕事を終えて、皆の後から歩いてゆきます。ところが、彼の蒼白い幾分やつれた顔には奇妙な満足感が浮かんでいるのです。彼は、ゆっくりと冷たいペテルブルグの空に消えかけてゆく夕焼けを、必ずしも無関心でもなさそうにみつめています。いや、みつめていると言ったのは嘘ですね。彼はみつめているのではなく、なんとなく無意識にぼんやりと眺めているんです。まるで疲れているか、あるいは同時にもっと面白そうな別のものに心を奪われているかのように。それゆえ、周りのものすべてに対しては、ただちらりと、ほとんど本能的に一瞬目をやることしかできないのです。

　彼は満足しています。なぜなら明日までは、彼にとってはシャクの種の仕事は終えてしまい、やらなくてもいいのですから。教室の腰掛けから解放されて大好きな遊びや悪戯が自由にできる小学生みたいに嬉しいのです。傍《はた》から彼を見てごらんなさい、ナースチェンカ。嬉しい気分が、彼のか細い神経や病的に張りつめた彼の想像力に幸福な影響を及ぼしているのがすぐわかりますよ。ほら、彼は何かもの想いに耽《ふけ》っている……。夕食のことか？　今晩の過ごし方についてか？　何をあんなにみつめているのだろう？　あの押し出しの立派な紳士をみつめているのか？　足の速い馬が引く豪華な四輪馬車に乗って紳士の脇を駆け抜けた貴婦人に、まるで絵に描いたように優雅にお辞儀をしてみせたあの紳士を、か？

　いやナースチェンカ、僕らの主人公にとって、今やそんな下らないことはすべて目じゃないのです！　彼は今や、もはや自身の特別な生《せい》に豊かに満たされているからです。彼はなんだか急に豊かになったんですね。消えゆく太陽の別れの光線が彼の目の前であれほど陽気に輝いたのも無駄ではなかったのです。それは光線で暖まった心から、無数の印象の群れを呼び覚ましてくれたからです。

今では彼は、道の存在にもほとんど気づかないぐらいなのです。かつては路上の実に些細なことにもびっくりしていたのに。今では『空想の女神』[4]（可愛いナースチェンカ、もしジュコフスキーを読んでいたらおわかりでしょう）が、すでにその気紛れな手で金色の縦糸を織り込み、主人公の目の前に、世にも不思議な幻想的なる生《せい》の模様が織り上げられているのです――そして、ひょっとすると女神は、気紛れな手で彼を、今、自宅に向かって歩いている見事な花崗岩の歩道から、ひょいと第七水晶天[5]に引き揚げてしまったのかもしれません。

試しに今、彼を呼び止めていきなり訊ねてごらんなさい。今、どこに立っていて、どの通りを歩いてきたか？　おそらく彼は、自分がどこを歩いてきたのかも、今、どこに立っているのかも憶えていやしないはずです。そして忌々《いまいま》しげに顔を赤くして、体裁を取り繕うために、必ずや何かしら嘘をつくでしょう。だからこそ、たいそう上品な老婆が歩道で丁重に彼を呼び止め、自分が迷ってしまった道についてあれこれ訊ねはじめたとき、彼ははっと身震いして、危うくキャッと悲鳴をあげんばかりに仰天して、辺りを見回したりしたのです。

忌々しげに顔を顰《しか》め、彼は先へ歩いてゆく。通行人が一人ならず彼を見てはにやりと微笑み、彼の姿を見送っていることにも、恐ろしそうに彼に道を譲ったどこかの小さな女の子が、彼の顔に広がっている薄ぼんやりした瞑想的な微笑や両手の仕草を、唖然《あぜん》として目を大きく見開いて見つめてから、大声で笑い出したことにも、ほとんど気づかずに。それでも絶えず例の空想は、はしゃいで陽気に飛び回りながら、老婆も、興味津々の通行人たちも、笑っている女の子も、フォンタンカ運河を埋め尽くしているボートの上でちょうど夕飯を取っている男たちも（そのとき、僕らの主人公がフォンタンカ運河沿いの道を歩いていたとして）、捉《つか》まえて、ちょうどクモの巣が蠅《はえ》をからめ捕《と》るように、これらすべてを自身の刺繍用カンヴァスの上一面に茶目っ気たっぷりに織り込んでいたのです。こうして新しい獲物を手に入れて、僕らの変人は、今は

4　ロシアの詩人V・A・ジュコフスキーは、ゲーテの『私の女神』（一七八〇年）の自由訳である『私の女神』（一八〇九年）の中で『空想の女神』を賛美した。

5　アリストテレスなど、古代ギリシャの賢人たちによれば、天は七つの水晶の領域から成り、第七水晶天にあるとは、最高の至福状態を意味する。

もう楽しき我が家たる穴倉に入り込み、夕食の席に着き、とっくに食事も済ませてしまったのですが、はっと我に返ったのは、いつもの想いに沈んで悲しげな召使のマトリョーナがテーブルをすっかり片付けて、彼に食後のパイプを差し出してくれたときでした。彼ははっと気づいてから、自分が夕食をもうすっかり済ませたのに、その様子を、まるきり憶えていないことに愕然とします。

部屋は暗くなっており、心は虚ろで侘《わび》しい気分です。彼を取り巻いていたありとあらゆる夢想の王国は、音も立てずに跡形もなく崩壊し、まるで夢のように過ぎ去ってしまいました。当の本人は、何を夢見ていたかも憶えていないのです。

ところが、ぼんやりとしたある種の感覚が、彼の胸を微《かす》かに疼《うず》かせ波立たせ、新たな願望が彼の想像力を誘惑するようにくすぐり刺激し、知らぬ間に新たな幻想を次々と山のように呼び寄せてゆくのです。

小さな部屋は沈黙に包まれて、孤独と怠惰が想像力を優しく育《はぐく》んでゆきます。想像力に微かな炎が燃え上がり、隣の台所で自分のコーヒーを淹《い》れながら静かに立ち働いている年老いたマトリョーナのコーヒーポットの中のお湯のように、微かに沸き立ってゆきます。ほら想像力はみるみるうちに、ふつふつと沸きかえり、これといった目的もなく何気なく取り上げた本も、一頁《ページ》も読み切らぬうちに、僕の夢想家の手から落ちてしまいます。彼の想像力は再び駆り立てられ、気分が盛り上がり、不意にまた、新たな世界が、新たな魅惑的な生が、彼の目の前でその輝ける展望を煌めかせるのです。新たな夢——新たな幸福！　鋭敏に研ぎ澄まされた、身も心もとろかすような毒が、新たに服用されたのです！

ああ、僕たちの現実生活など、彼にとって何の意味がありましょう！　夢想に魅了された彼の目から見れば、ナースチェンカ、僕やあなたの生活など、怠惰でのろまで、活気のないものです。彼の目から見れば、僕らは皆、自身の運命に不平たらたらで、自身の生活に飽き飽きしているのです！　たしかにまあ見てごらんなさい、実際のところ、僕らを取り巻くものは、一見、すべて冷ややかで、まるで怒っているみたいにムッツリしていますよね……。《哀れな奴らだ！》と、僕の夢想家は思います。彼がそう思っても何の不思議もありません！　あれほど魅惑的に気紛れに際限もなく壮大に彼の目の前に広がっていく、あの魔法のような幻想を見てごらんなさい。あれほど幻想的でしかも活気ある光景の中で、前面に出て来る第一人者は、もちろん、彼、僕らの夢想家自身なのですから。見てごらんなさい、ありとあらゆる冒険や歓喜に満ちた夢想の数々が、どれほど果てしなく続くことか。

あなたは、ひょっとすると、彼は何を夢想しているのか、と訊ねるかもしれません。そんなことを訊ねて何になりましょう！　夢想するのはありとあらゆることなんですから……。初めは認められず、やがて月桂冠を授けられた詩人の役割について、ホフマン[6]との友情、聖バーソロミューの夜[7]、ダイアナ・ヴァーノン[8]、カザン占領の際のイワン・ワシーリエヴィチ雷帝の英雄的役割[9]、クララ・モウブレイ[10]、エフィ・ディーンズ[11]、カトリックの司教たちの公会議と彼らの前に立つフス[12]、『ロベール』の中の亡者たちの蜂起[13]（あの音楽を憶えていますか？　まさに墓場の匂いがたちこめています！）ミンナ[14]とブレンダ[15]、ベレジナ河の戦闘[16]、V‐D伯爵夫人[17]のサロンでの詩の朗読、ダントン[18]、クレオパトラ ei suoi amanti[19]、コロムナの小さな家[20]、それに自身の小さな部屋の片隅、冬の晩すぐ傍でおちょぼ口をぽかんと開けて目を見開き、話を聞いてくれる愛らしい存在、ちょうど今あなたが僕の話を聞いているのと同じようにね、僕の小さな天使さん……。

いや、ナースチェンカ、彼にとって、あのうっとりと快楽に浸っている怠け者にとっては、僕とあなたがこれほど望んでいるような生活なんて、何の価値があるで

6　E・T・A・ホフマン（一七七六〜一八二二年）、ドイツ・ロマン派の代表的詩人・作家。
7　一五七二年の聖バーソロミューの祝日前夜に行われた、カルヴァン派新教徒ユグノーに対するカトリックの流血の制裁。
8　ウォルター・スコットの小説『ロブ・ロイ』（一八一七年）の女主人公。
9　一五五二年のイワン雷帝によるカザンの占領は、モンゴル・タタールによる三百年間の支配からの解放として、ロシア民族の記憶に刻まれている。
10　ウォルター・スコットの小説『セント・ロナンの鉱泉』（一八二四年）の女主人公。
11　ウォルター・スコットの小説『ミドロジアンの心臓』（一八一八年）の女主人公。
12　チェコの宗教改革の主導者ヤン・フスは、カトリック教会により異端とされ、一四一五年に火刑に処せられた。
13　ジャコモ・マイヤベア作のオペラ『悪魔のロベール』（一八三一年）の第三幕の場面。
14　ジュコフスキーの詩「ミーナ」（一八一八年）を指していると思われる。ゲーテ作『ヴィルヘルム・マイスターの修業時代』の中のバラード「ミニオン」（一七八二年）の訳。
15　コズロフのロマンティックなバラード（一八四三年）に関するものと思われる。
16　一八一二年にナポレオン軍をロシアから撤退させた戦い。
17　ロシア・アカデミー総裁E・R・ヴォロンツォワ＝ダシコワを指している。
18　G・J・ダントン（一七五九〜九四年）、フランス革命の主謀者の一人。後に断頭台で処刑。
19　「と彼女の愛人たち」（イタリア語）。

しょう？　そんなものは、哀れでみじめな生活だと彼は考えているのです。彼にとっても、ひょっとするといつか、たった一日のうちに、そのみじめな生活に、自身の幻想的な歳月すべてを明け渡す憂鬱なときがやって来るかもしれない。しかもそれは喜びや幸福のために明け渡すわけでもなく、その憂鬱と後悔と歯止めのない悲しみの時には、どちらを選びたいなどという気も失せてしまうのです。そんな時が、やって来るかもしれないことなど、彼は予想もしていないのですが……。

しかし今のところ、まだその恐ろしい時は到来していない——従って彼は、何も望んではいないのです。なぜなら、彼はあらゆる願望を超越した高所にあり、彼にはすべてが揃《そろ》っており、すっかり満ち足りて、彼自身が自分の生の創り手たる芸術家であり、毎時間、新たな気紛れによってそれを創り出しているからです。なにしろ実に軽々と真《まこと》に自然に、このお伽噺《とぎばなし》の如き幻想的世界は創られるのですからね！　まるでこうした何もかもが本当に幻想ではないみたいなのです！　実際、ときにはこういう生は、感情の高まりが創り出した蜃気楼《しんきろう》でも、想像力の錯覚でもなく、これこそが、現実の本物の実存なのだと信じたくなる瞬間がありますからね！

どうしてナースチェンカ、いったいどうして、そういう瞬間には、息が詰まりそうになるんでしょう？　どうして何らかの摩訶不思議な神秘の為《な》せる気紛れによって、夢想家の脈は速まり、目からは涙が迸《ほとばし》り、涙に濡れた蒼白い頰は熱く火照《ほて》り、かくのごとき強烈な喜びで彼の全存在が満たされるのでしょう？　いったいどうして一睡もできぬ夜がまるで一瞬の如く、無限の喜びと幸福のうちに過ぎ去り、朝焼けのバラ色の光が窓に差し込み、我らがペテルブルグの常として、夜明けが不確かで幻想的な光で陰鬱な部屋を照らす頃、僕らの夢想家は、疲労困憊しへとへとになった身体を寝台に投げ出し、自らの異様な衝撃を受けた精神の歓喜ゆえに、また気怠く甘美な心の痛みゆえに、息も絶え絶えになって微睡《まどろ》むのでしょうか？

そうなんです。ナースチェンカ、傍《はた》から見ているとつい、この情熱は正真正銘の本物で、それが彼の心を波立たせているのだ、彼の実体のない夢想の中には、何か手で触ることのできる生きたものがあるのだと、思わず信じ込みたくなるんですよ！　ところがそれは、まったくのまやかしなんですね――たとえば、無限の喜びとあらゆる甘美な苦しみを伴った愛が、彼の胸に宿ったとしましょう……。ちらっと彼を見ただ

20　「コロムナの小さな家」は、プーシキンの滑稽詩（一八三〇年）。

けで、もうそれはハッキリとわかります！　可愛いナースチェンカ、その彼を見ていて、熱狂的な夢想の中で彼がかくも熱烈に愛していた女性に、実際は彼は一度も会ったことがないなんて、信じられますか？　まさか彼は、心をとろかす幻想の中でしか彼女の姿を見ていないなんて、この情熱は夢の中で見ただけだなんて？

実際二人は、手に手を取って、互いの人生のかなりの年月を共に過ごし——それも二人きりで、他の世界は打ち捨てて、互いの世界、互いの人生を一つに合わせて暮らしたのではないでしょうか？　夜も更けて、別れの時が来ると、彼女は彼の胸に身を任せ、荒天の空の下で吹き荒れる嵐の音も耳に入らず、彼女の黒い睫《まつげ》から涙を吹き飛ばしいずこへかと運び去る風にも気づかず、恋い焦がれる思いで嗚咽していたのではなかったのでしょうか？　まさかこれらが、何から何まで夢想だったなどということがあるでしょうか？——陰鬱で、打ち捨てられた、うらぶれた庭園も、二人してあれほどしょっちゅう散歩をし、期待をし、恋い焦がれ、互いにあれほど長く愛し合った、《あれほど長く、そっといたわるように》[21]愛し合ったあの苔《こけ》むした小径《こみち》のある人気《ひとけ》のない侘しげな庭も！　そして、彼女が長年、年老いた陰鬱な夫と共に孤独と悲しみのうちに暮らしていたあの古めかしい曽祖父の時代からの家も。この夫はいつもむっつりと不機嫌に黙り込んでおり、子供みたいに臆病な若い二人を怯えさせ、二人は互いの愛情を物憂げにおどおどと包み隠していたのです！　どれほど二人は苦しみ、恐れていたことか。二人の愛はどれほど汚《けが》れなく純粋だったことか。そしてどれほど（もちろんですよ、ナースチェンカ）、世間の人々は意地悪だったことでしょう！

それが何たることか！　やがて祖国の岸辺を遠く離れた異郷の空の下で、彼が出会ったのは、まさしく彼女だったのです。灼熱の真昼の空の下、かの驚くべき永遠の都ローマで、華麗な舞踏会の輝きと音楽の大音響の中、灯《あか》りの海に沈んだ宮殿《パラッツォ》の（ここはどうしてもパラッツォでなければいけません）愛の象徴である香《かぐわ》しいギンバイカとバラの花がみっしりと絡みついたバルコニーで、彼女は彼に気づくと、すぐさま仮面を剝《は》ぎ取り、《私はもう自由の身なの》と囁《ささや》き、震えながら彼の抱擁に身を任せるのです。二人は歓喜の叫び声をあげると、ひしと抱き合い、一瞬にしてすべてを忘れ去ります。悲しみも別離も、あらゆる苦しみも、あの陰鬱な家も老人も、遠い故郷の薄暗い庭も、最後の熱いキスを交わした後、絶望的な苦しみの中で麻痺した彼の

21　ミハイル・レールモントフの詩（一八四一年）からの引用。

抱擁から、彼女が身を振りほどいたときに座っていたあのベンチも……。

ああナースチェンカ、あなたも同意なさるでしょう、そんなときちょうど、どこかののっぽの健康優良児、冗談好きの愉快な若者、つまりは招かれざる友が、突然扉を開けて入って来るなり、まるで何もなかったかのように、《やあ君、僕はたった今、パヴロフスク[22]から着いたんだよ！》などと叫んだら、こちらは、隣の庭から盗んだリンゴをポケットに突っ込んだばかりの小学生みたいに、ヒヤッと飛び上がって、どぎまぎして真っ赤になってしまいますよ。まったくなんてことでしょう！　老伯爵がやっと死んで、言葉で言い尽くせぬほどの幸福が、まさにこれからやって来るというのに、そこへ選《よ》りによってパヴロフスクから人がやって来るなんて！」

僕は、熱狂的な絶叫を中断すると、熱に浮かされたような面持ちで黙り込んだ。なんだか無理やり大声でやけに笑いたくなったのを憶えている。というのも、僕の中で敵意に満ちた小悪魔がかすかに動きはじめたのを感じたからだ。すでに喉は締めつけられ、顎《あご》はぴくぴくと引きつり、目はみるみる潤んでくる……。僕の話を賢そうな目を見開いて聞いていたナースチェンカが、今にも堪《こら》えきれずに、子供らしい陽気な笑いを爆発させて大声で笑い出すだろう、と僕は待ち構えていた。そして、すでに後悔していた――あまりにも深入りしすぎた、もうずっと前から僕の心に鬱積して、それについてならまるで書いた物を読むように話せることを、どうせ無駄になるのにべらべら話しすぎたと……。というのも、僕はもうとっくに自身に対して宣告を下しており、どうせ理解してもらえやしないと思いながらも、今やその宣告を読み上げ、告白せずにはいられなかったのだ。

ところが驚いたことに、彼女はしばらく沈黙してから、僕の手をそっと握り、どこかおずおずとした同情をこめて、こう訊ねたのだ。

「あなた、まさか本当にそんなふうに今までの人生ずっと生きてきたの？」

「一生、そうなんです、ナースチェンカ」僕は答えた。「どうやらこの先の一生もそんなふうで終わりますね！」

「ダメよ、そんなこと、いけないわ」彼女は心配そうに言った。「そんなふうには決してなりません。さもないと、たぶん私も一生ずっとお祖母ちゃまの傍で過ごすことになってしまうわ。あのねえ、そんなふうに生きるのはとっても良くないことだと思

22　ペテルブルグ郊外の別荘地

わない？」

「わかってます、ナースチェンカ、わかってますよ！」僕は、これ以上、自身の感情を抑えきれずに叫んだ。「そして今こそ、いまだかつてないほどハッキリと、自分が最良の年月をむざむざ棒に振ってしまったことを自覚しています！　今はそれがよくわかるんです。そしてこう自覚すると、なおいっそう、つらく感じるんですね。というのも、神様ご自身が、あなたを、僕の善良なる天使を僕に遣わしてくださったのですから。僕にそのことを告げ、証明するためにね。今こうしてあなたの横に座って一緒にお話ししていると、未来のことを考えるのが恐ろしくなります。なぜなら未来には、またもや孤独な、黴《かび》臭い無用な生活が待っているんですから。そして、すでに現実にあなたの傍でこんなに幸せな思いをしてしまった後には、もはや僕には夢想すべきこともありません！

ああ、可愛いあなたに天のお恵みがありますように！　僕を端《はな》から撥ねつけないでくれたんですから。僕は人生のたった二晩とはいえ、ちゃんと生きたと言えるんですから！」

「ああ、ダメ、違うわ」とナースチェンカは叫び、彼女の目には涙が光った。「いいえ、これからはそんなふうにはならないわ。私たちは決して別れたりしません！　たった二晩だなんてことがあるもんですか！」

「ああ、ナースチェンカ、ナースチェンカ！　あなたはこれから先どれだけ長い間、僕が僕自身と和解できるようにしてくれたか、知っていますか？　もうこれからは、僕は僕自身について時々考えていたみたいに悪くは思わなくなるでしょう。ひょっとすると、僕はもう、人生で犯罪や罪悪を犯したことで、気が滅入ることもなくなるかもしれないのですよ。だって、あんな人生はまさに犯罪でも罪悪でもありますからね。そして僕が話を誇張したなんて思わないでくださいよ。どうかお願いだから、そんなことは思わないでくださいね、ナースチェンカ、なぜなら僕は時々それはひどい塞《ふさ》ぎの虫に襲われるんですから……。そういう瞬間には、もう僕には決して本物の人生を生き始める能力がないような気がしてくるからです。もはや僕は本物の現実を生きるあらゆる作法も勘もなくなってしまったような気がするからです。そして最後には自分を呪うことになるのです。というのも、ああした幻想的な夜が続いた後には、それは恐ろしい覚醒の瞬間が訪れるからです！

一方、自分の周りでは、群衆が疾風怒濤のごとき生活の中で大音響をたてながら、あくせくと立ち働いているのが聞こえるし、人々がどんな生活をしているか、その様子が見えたり聞こえたりするわけです。彼らは現実の生活をしており、彼らの生活は他人に注文されたものではなく、夢や幻のように雲散霧消するわけでもない。その生活は永久に更新されていくから、いつまでも若々しく一時たりとも同じ姿ではないのです。ところが臆病な空想ときたら、陰々滅々として、俗悪なほど単調で、これは影の奴隷、想念《イデア》の奴隷、突然、太陽を覆い隠し、あれほど太陽を大切に思っている真のペテルブルグの心を憂愁で締めつける、あの雲の最初の一片の奴隷なのです。憂愁に捉《とら》われてしまったら、空想なんて何になるでしょう！　あの尽きせぬ空想も、絶えざる緊張の中で、ついに疲弊し、憔悴してゆくことが感じられるのです。なぜなら、誰だっていずれは大人になり、以前の自身の理想からは脱け出して卒業してゆくものだからです。理想は打ち砕かれ、バラバラの断片となり、灰燼《かいじん》に帰すのです。もし他の生活がないのなら、この断片を組み合わせてなんとか作り上げざるを得ません。ところが魂は、何か別のものを望み、要求するのです！　そこで夢想家は、火を掻《か》き起こすように、自身の古い夢想を掘り起こし、この灰の中に、せめて小さな火の粉《こ》でもないかと探し求め、その火の粉に息を吹きかけ、新しく燃えあがった火で、冷えてしまった心を暖め、心の中にかつてあったものすべてを、あれほど愛しく心を震わせ血を滾《たぎ》らせ、目から涙をしぼり、あれほど華やかにこちらを騙したものすべてを再び蘇らせようと、空しい努力をするのです！

あのねえ、ナースチェンカ。僕がいったい、ついにどういうことにまでなっているか、知っていますか？　僕はね、もはや自身の感覚の一周年記念を催さざるを得ないんですよ。かつてあれほど愛しかったものの、しかし実際は一度も存在しなかったものの一周年です。なぜならこの一周年はすべて、例の愚かしい実体のない夢想を記念して催されるからです。そしてこんなことをするのも、あの愚かしい夢想は実在しないのに、それらに代わるべきものが何もないからなんです。それでもそうした夢想は、今は締め出しを食らっているんですからね！

あのねえ、今の僕は、かつてそれなりに幸せを感じたことのあるあちこちの場所を思い出しては、一定の時期にそこを訪ねるのが好きなんですよ。もはや永遠に過ぎ去ってしまった過去に合わせて自身の現在を築き上げるのが好きなんですね。それでしょっちゅう、影のように、何の必要も目的もなしに、ペテルブルグのひっそりとした横町だの、表通りだのを物憂げに、悲しそうな顔で彷徨い歩いているのです。どれもこれもなんという思い出でしょう！

たとえば思い出すのは、ここでちょうど一年前の今と同じ時刻に、まさにこの小径を、今と同じように孤独で物憂げに彷徨い歩いていたことです！　あのときも夢想は憂鬱なものだったし、あの頃が今より良かったわけではないけれど、それでも以前の方がなんだか生きることが今よりは楽で安心できたような気がするし、今の僕に付きまとって離れないあの真っ暗い思いはなかったですね。今では昼となく夜となく二六時中、僕に平安を与えてくれないあの陰々滅々たる良心の呵責はなかったのです。

そして自分に問いかけるのです——おまえの夢想はどこへ行ったのだ、と。それから首を振って、こう言います。年月はなんて速く過ぎ去ってしまうのだろう！　それから再び自問します。おまえは自分の年月に対して、いったい何をしたのか？　自分の人生最良の時をどこへ葬ってしまったのか？　おまえはちゃんと生きていたと言えるのか、どうか？　いいか、気をつけろ、と自身に言います、この世は冷え冷えとしてきているじゃないか。もう数年もたてば、続いてやって来るのは陰鬱な孤独、杖にすがってよろよろする老年、そのさらに後ろに控えているのは、侘しさと憂鬱です。おまえの幻想的世界は色あせ、おまえの夢想は生き生きとした動きを止めて萎れてしまい、黄色い木の葉のようにハラハラと散ってゆく……。ああナースチェンカ！　一人きりで、まるきり天涯孤独の身となって、惜しむべきものさえ何も持ち合わせていない――本当に何一つないというのは、悲しいことでしょうね……。なぜなら、僕が失ったすべて、何もかもが、無であり、愚かしい全くのゼロ、単なる夢想に過ぎなかったのですからね！」

「ねえ、もうこれ以上、哀れなお話で私を悲しませないで！」ナースチェンカは、目から零《こぼ》れ落ちる涙を拭きながら言った。「もうこれでおしまい！　これからは、私たち二人は一緒よ。今後、私の身に何があっても、私たちはもう決して別れないわ。聞いてちょうだい。私はごく平凡な娘で、お祖母ちゃまは私に家庭教師をつけてくれたけれど、学もありません。それでもあなたのお話は、私、たしかに理解できるの。というのも、今あなたが話してくれたことは、何から何まで、私がお祖母ちゃまのドレスにピンで留められてしまって以来、私自身が体験したことなんですもの。もちろん、私はあなたみたいに上手には話せないでしょう、教養がないから」と、彼女はおずおずと付け加えた。なぜなら、僕の熱情的な演説と高尚な文体に、彼女はいまだにある種の尊敬の念を覚えていたからだ。「でもあなたが何もかもすっかり私に打ち明けてくれたことは、本当に嬉しいわ。今では私はあなたのことを知っている、なんでもよおく知っているんですもの。それでね、今度は私も自分の物語をあなたにお話ししたいの、何一つ隠さずにね。で、あなたは、後で何かアドヴァイスをしてちょうだい。あなたはとっても賢い人だから。アドヴァイスをするって、約束してくれる？」

「ああ、ナースチェンカ」と僕は答えた。「僕は一度もアドヴァイスなんてしたことがないし、ましてや賢いアドヴァイザーなんてとても無理ですが、それでも今はわかりますよ。もし僕ら二人がこれからずっとこんなふうに暮らしてゆけるなら、それはなんだかたいそう賢明なことで、お互いに賢いアドヴァイスを山ほどできるってことがね！　さあ可愛いナースチェンカ、いったいどんなアドヴァイスが必要なの？　率直に言ってください。今の僕はやけに陽気で幸せで勇敢で賢明だから、当意即妙に、なんでも答えられますよ」

「いいえ違うの！」笑いながらナースチェンカは僕の言葉を遮った。「私に必要なのは、賢いアドヴァイスだけじゃないのよ。心のこもった友愛に満ちた、まるで私のことを今までずっと愛し続けてくれていたみたいな、そんなアドヴァイスなの！」

「いいですよ、ナースチェンカ、了解しました！」僕は有頂天になって叫んだ。「もし僕がもう二十年もあなたを愛してきたのだとしても、それでも今ほど強く愛したことはなかったでしょう！」

「手を貸して」ナースチェンカが言った。

「さあ、どうぞ！」彼女に手を差し出しながら、僕は答えた。

「それじゃあ、私の物語を始めましょう！」

ナースチェンカの物語

「お話の半分はもうあなたもご存じよね。つまり私には年とったお祖母ちゃまがいて……」

「もしもう半分もそれと同じぐらい短いのなら……」僕は笑って、彼女の話を中断しようとした。

「黙って、聞いてちょうだい。まず約束ね。私の話を遮らないで。さもないと私、きっとまごついてしまうから。さあ、おとなしく聞いてくださいね。

私には年とったお祖母ちゃまがいます。私がお祖母ちゃまのところに来たのは、まだほんの小さな子供の頃なの。お母さんもお父さんも死んでしまったから。お祖母ちゃまは昔はお金持ちだったに違いないわ。いまだに古き良き日々の思い出話をしますから。このお祖母ちゃまが私にフランス語を教えてくれたのよ。その後は家庭教師も雇ってくれました。私が十五歳の時（今は十七歳ですけれど）、勉強はおしまいになりました。ちょうどその頃、私は悪戯盛《いたずらざか》りだったの。何をしでかしたかは、お話ししません。それほどひどいことをしたわけではない、ということだけで十分でしょ。ただある朝、私はお祖母ちゃまに呼ばれて、こう言われました。『私は目が見えないのだから、おまえに目を光らせているわけにはいかないんだよ』。そしてお祖母ちゃまは、いきなり私の服をピンで自分の服に留めてしまい、『これからは一生、こうして一緒に座っているんだよ、もちろん、おまえがもっと良い子にならなかったらの話だけどね』と言うの。つまり、最初の頃は、どうしても片時も傍を離れることができないで、仕事をするにも、本を読むにも、勉強をするにも、いつもお祖母ちゃまの傍にいたわけ。あるとき、うまく騙そうとして、私の席にフョークラを座らせたのね。フョークラはうちの召使で、耳が聞こえないの。フョークラが私の代わりに座ったとき、お祖母ちゃまは肘掛椅子で居眠りしていたので、私は近所のお友達のところへ出かけちゃったの。でも、ひどい結末だったわ。お祖母ちゃまは、私の留守中に目を覚まし、私がおとなしくずっとそこに座っていると思って、何かを訊ねたのね。フョークラは、お祖母ちゃまが何か訊ねたことは見えるのだけれど、何を言っているのか聞こえないものだから、どうすべきか考えに考えたあげく、ピンを外して、逃げ出してしまったの……」

ナースチェンカはここで話を打ち切り、アハハと声をあげて笑った。僕も一緒に笑った。彼女はすぐさま笑うのをやめた。

「ねえお願い、あなたはお祖母ちゃまのことを嗤《わら》わないでちょうだい。私が笑ったのは、可笑《おか》しかったからよ……どうしようもないでしょ。だって確かにお祖母ちゃまはあんなふうなんですもの。それでも私はお祖母ちゃまのことがちょっと好きなの。まったくあのときはどれほど叱られたことか。すぐさま元の場所に座らされて、もう全然一歩も動けなくなっちゃった。

そうそう、これを言うのを忘れていたわ。私たちは、というか、お祖母ちゃまは、自分の持ち家があるの。と言っても、本当にちっちゃい家で、窓も三つしかないし、全部木造りで、お祖母ちゃまとおなじようなオンボロの家よ。中二階があって、そこに新しい下宿人が引越して来たの……」

「と言うと、以前にも下宿人がいたんですね?」僕はちょっと口をはさんだ。

「もちろん、いたわ」ナースチェンカは答えた。「あなたよりは黙っていることができた人よ。もっとも実は、その人は舌を動かすのもやっとだったの。お爺ちゃんで、げっそり痩せていて、耳も聞こえないし、目も見えないし、びっこを引いているし、だからとうとう生きていられなくなって、死んじゃったのよ。それで、新しい下宿人が必要になったわけ。だって私たち、下宿人なしじゃ暮らしていけないんですもの。ほとんどお祖母ちゃまの年金だけが私たちの収入なんですから。

新しい下宿人は、まずいことに、若い人でした。ペテルブルグの住人ではなくて、よそから来た人。この人は家賃を値切ったりしなかったから、お祖母ちゃまは、彼を受け容れたのね。でも後から訊ねたの。『どうだい、ナースチェンカ、うちの下宿人は若いのかい?』。私は嘘はつきたくなかったから『そうね、お祖母ちゃま、すごく若くはないけれど、お爺さんではないわ』と言ったの。『で、恰好がいい男なのかい？』お祖母ちゃまは訊ねるの。

私はまた嘘はつきたくなかったから『そうね、恰好いいわ、お祖母ちゃま！』と言うと、お祖母ちゃまは『ああ、そりゃ困った、困ったねえ！　私がおまえにこんなことを言うのはね、おまえがその男に見惚《と》れたりしないようにと思ってのことなんだよ。まったくなんていう時代なんだろうね！　しがない下宿人のくせして、恰好がいいとは。昔はこんなことはなかったもんさ！』

お祖母ちゃまときたら、何でもかんでも昔のようになればいいと思っているのよ！　昔は自分も若かったし、太陽だってもっと暖かかったし、クリームだってこんなに早く酸っぱくはならなかった――何でもかんでも昔の方がいいのよ！　それで私は黙って座ったまま、心の中で考えていたの――いったいどうしてお祖母ちゃまの方から私に知恵をつけて、下宿人が恰好いいかどうか、若いかどうかなんて訊ねたのかしら？――でも私はただなんとなくちょっとそんなことを考えただけで、すぐに編み目を数えて靴下を編み出して、そのうちすっかり忘れちゃったのだけれどね。

それがある朝、下宿人が私たちのところにやって来て、自分の部屋には壁紙を貼ってくれる約束だったのだが、と訊ねたの。お話が次から次へと広がって、なにしろお祖母ちゃまはお喋りですからね。『ナースチェンカ、私の寝室にあるそろばんを取ってきておくれ』と言ったの。私はすぐさまパッと立ち上がり、なぜだかわからないけれど真っ赤になって、お祖母ちゃまとピンで繋がれていることも忘れてしまったのね。下宿人に気づかれないようにそっとピンを外すことなんて気も回らないで、いきなり駆け出したものだから、お祖母ちゃまの椅子がガタリと動いてしまったの。下宿人に、これで私のことが何もかもわかってしまったと思うと、私は赤くなって、その場に釘づけになって立ち尽くして、いきなり泣き出しちゃった。その時は、あんまり恥ずかしくて悔しくて、死んでしまいたいくらいだったわ！　お祖母ちゃまは『なんで突っ立っているんだい？』と大声で言うし、私はもっとおいおい泣いちゃった……。下宿人は、私が彼に対して恥ずかしがっているのだとわかると、失礼しますと言って、そそくさと出て行ってしまったの！

それ以来、玄関の間《ま》でちょっとでも物音がすると、私はたちまち気を失いそうになるのね。ほら、あの人が歩いていると思うと、こっそり念のためにピンを外したりして。でもいつだってそれはあの人じゃなくて、あの人は一度も来てくれなかった。二週間が過ぎた頃、下宿人は、フョークラにことづけて、自分はフランス語の本をたくさん持っていて、どれもいい本だから、読ませてあげる、それにお祖母ちゃまも退屈しのぎに私に朗読してもらいたいんじゃないかと、伝言をよこしたの。お祖母ちゃまも、そりゃ有難いねと同意してくれました。ただし、しきりに訊ねるの、それは道徳的な本かどうか、って。だってナースチェンカ、不道徳な本なら、決して読んじゃいけないよ、悪いことを憶えてしまうからね、と言って。

『私が何を憶えてしまうの、お祖母ちゃま？　そこには何が書いてあるの？』

『あーあ！　そこに書いてあることはね、若い男たちが躾《しつけ》のいい娘たちをいかにたぶらかして、お嫁にもらいたいという口実で娘たちを両親の家から攫《さら》ったか――あげくの果てに、不幸な娘たちを運命の意志に任せて放り出し、いかに娘たちが一番みじめな有り様で破滅してゆくかだよ。私はね、そんな本を山ほど読んだけれど、どれも実にうまく書いてあるもんだから、つい一晩じゅう起きていてこっそり読んでしまうんだよ。だからね、ナースチェンカ、おまえは注意して、そんな物を読んじゃいけないよ。あの男は、どんな本を寄越したんだい？』

『全部ウォルター・スコットの小説よ、お祖母ちゃま』

『ウォルター・スコットの小説だって！　ちょっとお待ち、でも何か悪巧みが仕掛けられていないかい？　よく見てごらん。あの男は、本の中にラヴレターを挟んでいないかい？』

『いいえ、お祖母ちゃま、何のメモもないわ』

『おまえ、表紙の裏も見てごらん。あの連中はよく表紙の裏に押し込んだりするんだから、まったく悪い奴らだよ！……』

『いいえ、お祖母ちゃま、表紙の裏にも何もないわよ』

『まあそれならいいだろうよ！』

というわけで、私たちはウォルター・スコットを読み始めて、ひと月かそこらでほとんど半分読んでしまったの。その後もうちの下宿人は、何度も何度も本を寄越して、プーシキンもね。だからとうとう私は、本なしではいられなくなってしまって、どうしたら中国の王子様のところへお嫁に行けるかなんてことは考えなくなりました。

そんなときに一度、階段であの人に出くわしたことがあったの。私はお祖母ちゃまに何かを持って来ておくれと言われていたのね。あの人が立ち止まると、私は顔を赤くして、彼も顔を赤くしたけれど、笑い出して、こんにちは、と言ってから、お祖母ちゃまの健康を訊ねて、こう言うの。『どうです、本は読みましたか？』。私は答えたわ。『読みました』『何が一番気に入った？』。私は『アイヴァンホー[23]とプーシキンが一番』と答えたんだけれど、そのときは話はこれでおしまい。

一週間後に、私はまたもや階段であの人に出くわしたの。今回はお祖母ちゃまの言いつけではなくて、私が自分で何かを取りに行くところだったのね。二時過ぎで、この時間に下宿人はたいてい帰宅するの。『こんにちは！』とあの人が言って、私も『こんにちは！』と言ったわ。

『ねえ、一日じゅうお祖母さんと一緒に座っていては、退屈じゃありませんか？』あの人にこう訊ねられると、私はもうなぜか知らないけれど、恥ずかしくて赤くなり、それに侮辱されたみたいで腹も立ちました。たぶん、他人にそんなことをあれこれ詮索されるなんて、と思ったからでしょう。よっぽど返事をしないで、そのまま行ってしまおうかと思ったけれど、その気力もなかったの。

『いいですか、あなたは良いお嬢さんだ！　あなたにこんな口をきくのを赦してくださいよ。でも、はっきり言いますが、僕はあなたのお祖母さんに負けないくらい、

23　ウォルター・スコットの小説『アイヴァンホー』（一八一九年）。

あなたの幸せを願っているんですよ。あなたは、訪ねて行ける女の友達もまるきりいないんですか?』

私は、今は誰もいないこと、前には一人いたけれど、そのマーシェンカもプスコフへ引越してしまったことを話しました。

『ねえ、僕と一緒に劇場に行きませんか?』

『劇場? お祖母ちゃまはどうするの?』

『お祖母さんには内緒で……』

『いいえ、お祖母ちゃまを騙すなんて、それはいやです。失礼します!』

『じゃあ、さようなら』とだけ、あの人は言って、それ以上何も言いませんでした。

ただし昼食を終えてから、私たちのところにやって来ると、お祖母ちゃまと長いこと話しこんで、どこかへお出かけにはならないんですかとか、お知り合いはいますかとか、あれこれ訊ねたあげく——不意にこう言ったの。『今日、僕は、オペラのボックス席を手に入れましてね。「セヴィリアの理髪師」[24]をやっているんですよ。知人が行きたいと言ったもんですから。それが、後から断ってきて、切符が余ってしまったんです』

『「セヴィリアの理髪師」だって！』お祖母ちゃまは大声をあげたわ。『そりゃ、昔やっていた、あの理髪師かい？』

『そうですよ、まさにあの理髪師です』と、あの人は言って、私の方をちらっと見たの。私は何もかもわかったから、赤くなって、心臓が期待でドキドキしたわ！

『そりゃもちろん』お祖母ちゃまは言います。『知らないもんかね！　私自身、昔は家庭劇でロジーナの役を演じたんだからね！』

『それじゃあ、今日、行きませんか？』下宿人は言いました。『私の切符が無駄になってしまうんです』

『そうだね、行ってみようかね』とお祖母ちゃまが言ってくれたの。『行かない手はないね。それにうちのナースチェンカときたら、一度も劇場に行ったことがないんだから』

ああ、なんて嬉しいんでしょう！　私たちはすぐさまおめかしをして出かけました。

24　ロッシーニのオペラ『セヴィリアの理髪師』の上演は、ロシアで大成功をおさめた。ロシアでの初演は一八二三年。一八四三〜四四年と一八四五〜四六年のイタリア・オペラ・シーズンでも上演された。

お祖母ちゃまは目は見えないけれど、それでも音楽は聴きたいし、それになんと言っても善良な人なんですもの。私に少しでも楽しい思いをさせたかったのね。私たち二人では、決してそんなところに出かけたりするはずがないのだから。『セヴィリアの理髪師』の印象については、今はお話ししないけれど、その晩はずっとうちの下宿人が私のことをとても優しく見つめて、それは親切に話しかけてくれたから、私はあの朝あの人は、私が一人だけで彼とオペラに行きたがるかどうか、試してみたんだとすぐにわかったの。ああ、なんて嬉しかったんでしょう！　ベッドに横になってからも、私はそれは誇らしくて、うきうきした気持ちで、胸もドキドキしていたから、ちょっと熱病みたいになって、一晩じゅう『セヴィリアの理髪師』のうわごとばかり言っていたのよ。

私は、そんなことがあったから、これからはあの人はもっともっと頻繁に私たちのところに来てくれるのかと思っていたのに――そうはならなかったの。ほとんど来なくなってしまったのよ。そうね、ひと月に一度ぐらい立ち寄って、しかもいつも劇場に誘ってくれるだけなの。あの後も二度ぐらい、私たちは出かけたわ。でもそれだけじゃ、もう私は満足できなくなっていたのね。あの人は、私がお祖母ちゃまの傍であんなふうに放ったらかしにされていることが可哀相だっただけ、それ以上の気持ちは何もなかったんだって、わかったの。そうしたら私はどんどんおかしくなってしまって――じっと座っていることも、読書もお針仕事も手につかなくなって、時々笑い出したり、お祖母ちゃまに八つ当たりしたかと思うと、ただわけもなく泣いたり……。とうとう私は痩せてしまい、ほとんど病気になりかけたの。オペラのシーズンも過ぎてしまい[25]、下宿人はもう、私たちのところへは全然やって来なくなっちゃいました。バッタリ出くわすことがあっても――それはもちろん、いつも例の階段でなんだけれど――あの人は黙ったままお辞儀をして、一言も話したくないみたいに真面目な顔をして、そのまま玄関の方に下りて行ってしまうの。私はその間、階段の途中に立ち止まったまま、桜ん坊みたいに顔を真っ赤にしているのね。何しろあの人に会う度に、身体じゅうの血が頭に上ってしまうんですもの。

もうすぐおしまいよ。ちょうど一年前の五月、あの人は私たちのところにやって来ると、お祖母ちゃまに、自分はここでの仕事もすっかり片付いたので、また一年間モ

25　ペテルブルグのイタリア・オペラ・シーズンは、一月末か二月の謝肉祭までに終わった。

スクワに行かねばならないと言ったの。それを聞いたら、私は蒼ざめて気を失いそうになって、がっくりと椅子に座りこんでしまいました。お祖母ちゃまは何も気づかなかったけれど、あの人は、うちを引き払うと宣言すると、私たちにお辞儀をして出て行ってしまったの。

どうしたらいいんだろう？　私は考えに考えて、すっかり塞ぎこんだあげく、とうとう決心したの。明日はあの人が出て行ってしまう。だから今晩、お祖母ちゃまが眠ってしまったら、すべてにケリをつけようって。そしてその通りになったの。ありったけの洋服と必要なだけの下着を包むと、その包みを抱えて、生きた心地もなく、下宿人のいる中二階に向かったのだけれど、階段を上るのに、丸々一時間もかかったと思うわ。とうとう彼の部屋のドアを開けたとき、あの人は私の顔を見て、ぎょっとした声をあげたくらいよ。私のことを幽霊だと思ったんでしょ。すっ飛んで来て、私に水を飲ませてくれたわ。私は立っているのもやっとだったから。心臓があまりドキドキして頭が痛いほどだったし、意識も朦朧《もうろう》としていたの。我に返ると、私は真っ先に、持っていた包みをあの人のベッドの上に置いて、自分もその横に腰を下ろすなり、両手で顔を覆ってわあわあ泣き出しちゃった。どうやらあの人は一瞬にして、何もかもわかったらしく、蒼い顔をして私の目の前に立ったまま、それは悲しそうに私をみつめるものだから、私は心が張り裂けそうだったわ。

『いいですか』と、あの人は切り出したの。『ちょっと聞いてください、ナースチェンカ、僕は何もできない、僕は貧しいんです。今のところ、ちゃんとした職もないんだから、もしあなたと結婚しても、僕たちどうやって暮らしていけるでしょう？』

私たちは、長い間話し続けたけれど、とうとう私は熱に浮かされたように、もうお祖母ちゃまと一緒に暮らすことはできない、ピンで留められているなんていやだから、お祖母ちゃまのところから逃げ出して、あなたが望むなら一緒にモスクワに行きたい、あなたなしでは生きていけないから、と無我夢中で話したの。恥ずかしさも愛情もプライドも、何もかもが一緒になって、一気に私の中で語り出したのね。今にも痙攣《けいれん》を起こしてベッドに倒れてしまいそうだった。あの人に断られたらどうしよう、とそれが怖くて堪《たま》らなかったの！

あの人は、しばらく黙ったまま座っていて、それから立ち上がると、私の方にやって来て、私の手を取ったの。

『いいですか、私の優しい可愛いナースチェンカ！』と、彼も泣きながら言いました。『よく聞いて。誓いますよ。もしいつか僕が結婚できる状態になったら、必ずあなたこそが僕を幸せにしてくれる人です。本当ですよ。今はもう、まさにあなただけが、僕を幸せにできる人なんです。いいですか、僕はモスクワに行って、ちょうど一年間、あちらで暮らします。きっと仕事はきちんと片づけられるでしょう。僕が帰って来て、その時あなたがまだ僕を愛していてくれたら、誓います、二人で幸せになりましょう。今は、無理です。今は何一つ約束できません。そんな権利は僕にはありませんから。でもいつか必ずそういう日が来ます。もちろん、あなたが、僕より誰か他の人の方を好きにならなければ、ですよ。だってあなたを何かの言葉で縛ることなんて、僕にはできないし、そんなことをする気もありませんからね』

これがあの人が言ったことのすべてで、その翌日、旅立ってしまったの。お祖母ちゃまにはこのことについては、一言も言わないことに、二人で決めました。あの人がそうしたいと言ったから。さあこれで私のお話もほとんどおしまいよ。ちょうど一年がたったわ。あの人は帰って来て、もう三日もここにいるのに、それなのに……」

「それなのに、どうしたの？」僕は、結末を聞きたくて我慢できずに、大声を出した。

「それなのに、いまだに現れないのよ！」ナースチェンカは、力を振り絞るように答えた。「まるっきり影も形も見えないの……」

ここで彼女は話を止め、しばらく黙りこみ、うなだれると、突然両手で顔を覆い、激しく号泣しはじめた。それがあまり激しいので、僕の心は引きちぎられそうだった。

僕はおよそ、こんな結末は予期していなかったのだ。

「ナースチェンカ！」僕はおずおずと、とりなすように話し始めた。「ナースチェンカ！　お願いだから泣かないで！　どうしてあなたはそれを知っていると言うの？　ひょっとしたら、あの人はまだいないのかも……」

「いるのよ、ここに！」ナースチェンカが僕の言葉を引き取って言った。「あの人はここにいるの。それは私、知ってるんです。私たちは約束したの、あのとき、あの人の出発の前の晩に。私が今、あなたにお話ししたことすべてを話し合って、約束した後、二人で散歩に出かけたの。まさにこの運河沿いの通りにね。十時だったわ。私たちは、このベンチに座って、私はもう泣いていなかった。私はうっとりとあの人が話すのを聞いていたの……。あの人は、こっちへ帰ってきたらすぐに、そう、もし私が断らなければね、二人で何もかもお祖母ちゃまに話そうって言ったのよ。今、彼は帰って来ているの。それは私は知っているのよ。それなのにあの人は、全然、まるきり現れないの！」そして彼女の目には、再びどっと涙が溢《あふ》れた。

「そんな馬鹿な！　なんとかしてあげられないだろうか？」僕は絶望しきって、ベンチからぱっと立ち上がり、叫んだ。「ねえナースチェンカ、せめて僕が、彼を訪ねてみるわけにはいかないだろうか？」

「そんなことできるかしら？」彼女は、不意に顔を上げると言った。

「いや、もちろん、ダメだ！」僕は我に返って言った。「そうだ、こうしよう。手紙をお書きなさい」

「いいえ、それはできないわ、それはダメ！」彼女はきっぱりと、しかしもはや顔を俯けて僕の方を見ずに答えた。

「どうしてできないの？　なぜダメなんです？」僕は自分の思いつきに飛びついて話し続けた。「あのね、ナースチェンカ、手紙によりけりですよ！　いろんな手紙がありますからね……。ああ、ナースチェンカ、そうですよ！　僕に任せて、僕を信用してください！　あなたに悪いアドヴァイスなんかしませんよ。何もかもうまくいきます。だってあなたはもう第一歩を踏み出したんじゃないですか――それをなぜ今さら……」

「ダメよ、ダメよ！　それじゃあ、まるで私が無理やりせがんでいるみたいじゃない……」

「ああナースチェンカ、なんて良い子なんだろう！」僕は思わず微笑を浮かべながら、彼女の言葉を遮った。「いやいや、そんなことはありません。あなたはそうして当然なんですよ。だってあの人があなたに約束したんですから。それに、お話を聞いた限り、彼はちゃんと気遣いのできる人で、立派な振る舞いをしてきたじゃありませんか」僕は、自身の言い分と確信が理に適《かな》っていることにますます感激しながら話し続けた。「彼はどう振る舞ったでしょう？　彼は約束で自分自身を拘束したじゃありませんか。もし結婚するなら、あなた以外の誰ともしないと言ったんでしょう。しかもあなたには完全な自由を残した。いつでも彼を断っていいという……。こういう場合は、あなたの方で第一歩を踏み出すことができるんですよ。あなたは、彼に対して当然の権利、優先権を持っているんですから――それが、仮に彼を約束から解放してやるということであるとしても……」

「ねえあなただったら、どんなふうに書く？」

「何を？」

「その、お手紙よ」

「僕ならこう書きますね。『拝啓……』」

「それはどうしても必要なの——拝啓って？」

「必要ですよ！　でもどうして？　僕が思うに……」

「いいから、先を続けて！」

「『拝啓、お赦しください、私……』いや、なにも謝ることなんてありません！　事実だけ書けば、それですべて正しいとわかってもらえます。あっさりとお書きなさい。『あなたにお便り差し上げます。せっかちでご免なさい。でも丸一年の間、ずっと私は期待で幸福でした。今、疑いで、たった一日も我慢できないからといって、私に罪があるでしょうか？　今あなたはすでに帰っていらして、ひょっとすると、お心が変わったのではないかしら。もしそうなら、この手紙は、あなたに文句を言ったりあなたを責めたりするものではありません。あなたの心を支配できないからといって、あなたを責めたりは致しません。それが私の運命なんでしょう！

あなたは上品な方だから、私のせっかちな言葉を嗤ったり怒ったりなさらないわね。

これを書いているのは、哀れな女の子で、彼女は一人ぼっちだし、誰も教えたりアドヴァイスをくれる人もなく、一度だって自分の心をコントロールできたためしがないということを思い出してください。でも、たとえ一瞬でも、私の心に疑いが忍び込んだことは、ごめんなさい。あなたをこれほど愛してきた、そして今も愛している娘を、あなたはたとえ心の中でも、侮辱することなどできない方です』」

「そう、そうなの！　私が思っていたとおりの内容よ！」ナースチェンカは叫び、喜びで目を輝かせた。「ああ！　あなたは私の疑いを晴らしてくださったわ。あなたは神様が私に遣わしてくださった方よ！　本当にありがとうございます！」

「ありがとうだなんて、何のために？　神様が僕を遣わしてくださったから？」僕は夢中になって、彼女の嬉しそうな可愛い顔を見ながら答えた。

「そう、それだけでも感謝よ」

「ああ、ナースチェンカ！　僕たちは時には、誰かが一緒に生きているというだけで、その人たちに感謝するよね。あなたが僕と出会ってくれたこと、僕が一生あなたのことを憶えているだろうということに対して、僕はあなたに感謝しますよ！」

「さあ、もういいわ、それで十分よ！　それよりちょっと聞いてちょうだい。あのとき、約束があったのよ。あの人がペテルブルグに帰って来たらすぐに、ある所に私宛の手紙を置いて、その手紙で自分のことをすぐに知らせるというの。ある所というのは、私の知り合いの親切な純朴な人たちのことで、この件については何も知らないの。さもなければ、もし私に手紙を書くことができなかったら——だっていつもお手紙で何もかも話せるわけじゃないでしょう——そうしたら、あの人はこちらに帰って来たその日に、二人で決めた待ち合わせのちょうど十時に、ここに来るという約束だったのよ。あの人がペテルブルグに来ていることは、私はもう知っているの。でももう三日もたつのに、お手紙も来ないし、あの人も現れないのよ。お祖母ちゃまの傍を朝のうちに離れることはどうしても無理なの。明日、私のお手紙をあなたご自身が、今お話しした親切な人たちに手渡してちょうだい。彼らが、あの人に渡してくれます。そしてもしお返事が来たら、またあなたが明日の夜十時にそれを持って来てちょうだい」

「でも、手紙、手紙は！　だってまず手紙を書かなくちゃいけないでしょう！　だから、すべては明後日になってからの話ですね」

「お手紙は……」ナースチェンカは少し困惑しながら答えた。「お手紙は……実は……」

　しかし彼女は最後まで言い切らなかった。彼女はまず、可愛い顔を背け、バラのように真っ赤になった。すると不意に僕は、自分の手の中に、手紙があるのを感じた。おそらくもう大分前に書かれてすっかり準備のできた封のしてある手紙だ。なんだか馴染《なじみ》深い愛しい優雅な思い出が僕の頭をよぎった。

「R,o–Ro,s,i–si, n,a–na」[26]僕は唄いはじめた。

「Rosina!」と僕たちは二人で唄い出し、僕は歓喜のあまりあやうく彼女を抱きしめんばかりだった。彼女は、それこそ本当に真っ赤になって、涙を浮かべながら、笑っているのだが、その涙が真珠のように、黒い睫の上で震えていた。

「さあもういいわ、十分よ！　今夜はこれでお別れしましょう」彼女は口早に言った。「これがお手紙、これが持って行っていただく住所よ。ごきげんよう！　さようなら……また明日！」

26　ロジーナは、『セヴィリアの理髪師』の女主人公。あらかじめ書かれていた伯爵宛の愛の手紙をフィガロに託す。

彼女は強く僕の両手を握りしめると、頷《うなず》いて見せ、それから矢のように速く自分の家のある横町にぱっと消えてしまった。僕はその場に長いこと立ち尽くしたまま、彼女を見送っていた。

彼女の姿が視界から消えてしまったとき、「また明日！　また明日！」という声が鳴り響いて、僕の頭の中を駆け抜けていった。

第三夜

今日は侘しい雨模様の一日で、雲間から一条の光が差すこともない、まるで未来の僕の老年のような日だった。実に奇妙な考えや暗い感覚、まだ僕にとってハッキリとわからないさまざまな疑問が頭の中でひしめき合っているのだが――それらを解決する力も願望も、どういうものか湧いてこないのだ。これらすべてを解決することなど、僕には到底できやしない！

今日は僕らは会えないだろう。昨日、僕らが別れるとき、空は雲に覆われ霧が立ち込めてきた。明日は天気が悪いだろうと、僕は言ったが、彼女は返事をしなかった。彼女は自身の気持ちに反したことは言いたくなかったのだ。彼女にとって、その日は明るく晴れ渡り、小さな雨雲一つ、彼女の幸せを遮るはずはないのである。

「もし雨が降ったら、私たち、会わないことにしましょう！」彼女は言った。「私は来ないわ」

彼女は今日の雨なんぞには気づいてもいないだろうと僕は思ったが、それでも彼女はやって来なかった。

昨夜は僕らの三度目のデート、僕らの第三の白夜だった……。

それにしても喜びと幸福は人をなんと美しくするものだろう！　心は愛によってどれほど滾《たぎ》ることか！　自身の心に溢れるすべてを他人の心に注ぎ、周りのものすべてにも楽しく笑ってもらいたくなるらしい。そしてこの喜びはなんと感染しやすいものだろう！　昨夜の彼女の言葉は僕に対してどれほど親切で、彼女の心はどれほど優しかったことか……。どれだけ僕に気を遣い、慰め励まし、僕の心をそっと労ってくれたことか！　ああ、人は幸せのあまり、あんなにも愛らしい魅力を振りまくものなのだ！　それで僕ときたら……そういうことを何もかも、文字通りに受け取って、僕は思い込んだのだ、彼女はきっと……。

ああ、いったいどうしてそんなことが考えられたのだろう？　何もかもがすでに他人に奪われていて、僕のものではないのに、どうして僕はあんなにも、ものごとが見えなかったのだろうか？　結局、彼女の優しさも気遣いも愛も……そう、僕に対する愛情さえも——もうじき別の男性に会えるという喜びと、僕にも自分の幸福を押しつけたいという願望に他ならなかったというのに……。

とうとう彼が姿を見せず、我々が待ちぼうけを食わされたとわかると、彼女は眉を顰《ひそ》め、びくびくと怖気づいてしまった。彼女のあらゆる動作も言葉も、もはやさっきほど軽やかでもなければ、潑剌《はつらつ》ともしていないし、陽気でもない。そして奇妙なことに、僕への配慮を倍加させた。それはまるで、彼女自身のために望んでいるものが、もし実現しなかったらどうしようと恐れながら、本能的にそれを僕の方に注ぎかけたがっているかのようだった。僕のナースチェンカは、すっかり怖気づいて怯《ひる》んでしまったために、僕が彼女を愛していることをとうとう悟ったらしい。僕の哀れな愛情を気の毒に思ったのだろう。そう、僕らは不幸なときには、他人の不幸に敏感になるものだ。感覚が打ち砕かれて分散するのではなく、むしろ集中するのだ……。

僕は、胸をいっぱいに膨らませてやって来た。彼女に会うことが待ちきれぬ思いだった。自分がこれから味わうことも、何もかもが思わしくない結果に終わることも予期せずに。彼女は喜びに光り輝き、返事を待ち構えていた。返事とは、彼自身である。彼は、彼女の呼びかけに対して、必ずやって来る、走ってやって来るはずだった。彼女は僕より丸一時間も早く来ていた。初めのうち、彼女は何でも可笑しがって、僕の言葉の一つ一つに声をあげて笑っていた。僕は話し始めたが、黙りこんでしまった。

「ねえ、私がなぜこんなに嬉しいか知っている？」と、彼女は言った。「あなたの顔を見るのがなぜこんなに嬉しいか？　今日はなぜこんなにあなたのことを愛しているのか？」

「なぜ？」僕は訊ね、心臓がドキドキしはじめた。

「私があなたを愛しているのはね、あなたが私に恋していないからよ。だって、他の人があなたの立場だったら、さぞかし私に心配をかけたり、うるさく付きまとったり、やたらに溜息をついたり、あちこち身体の具合が悪くなったり大騒ぎでしょう。

それなのにあなたは、本当にいい人なんですもの！」

ここで彼女は、僕の手をあまりしっかり握ったので、僕はあやうく叫び声をあげるところだった。彼女は笑い出した。

「ああ！　あなたはなんて良いお友達なんでしょう！」一分後に彼女はすこぶる真面目に話し出した。「そうよ、あなたは、神様が私に遣わしてくださったのよ！　だって今あなたが一緒にいてくれなければ、私はどうなっていたかしら？　あなたはなんて無私無欲な人なんでしょう！　あなたが私を愛していてくれて、本当に良かったわ！　私がお嫁に行っても、私たち、大の仲良しでいましょうね、兄妹よりももっとね。私は、あの人と同じくらいあなたのことを愛するわ……」

僕はこの瞬間、なんだかひどく悲しくなった。ところが、何か笑いのごときものが、僕の心の中で蠢《うごめ》き出した。

「あなたは神経発作を起こしているんですよ」と、僕は言った。「あなたは怖気づいている。あの人が来ないと思っているんですね」

「まあ、何を言うの！」彼女は答えた。「もし私が今ほど幸せな気分じゃなかったら、こんなふうにあなたに信じてもらえないで非難されたんじゃ、たぶん、泣いちゃうわ。

もっとも、あなたは、私に考える機会を、長い間考えこむべき課題を与えてくれたのよね。でも、それは後で考えることにするわ。今は、あなたの言っていることが本当だってことだけ、白状します。そうなの！　私、なんだか上の空なの。全身に期待が満ち溢れていて、何でもかんでもあまりにも感じやすいの。ああ、もういいわ、感覚の話は放っておきましょう！……」

この時、足音が聞こえ、暗がりに通行人の影が見え、僕らの方に向かって歩いて来た。僕らは二人とも、身を震わせた。彼女はあやうく悲鳴をあげそうになった。僕は彼女の手を離し、立ち去ろうという素振りを見せた。しかし、僕らの勘違いだった。あの人ではなかったのだ。

「何を怖がっているの？　どうして私の手を放したの？」彼女は再び僕に手を差し出しながら言った。「いいじゃないの！　二人で一緒に彼を出迎えましょうよ。私たちがどんなに愛し合っているか、あの人に見てもらいたいわ」

「僕らがどんなに愛し合っているかだって！」僕は大声を出した。

《ああ、ナースチェンカ、ナースチェンカ！》と、僕は思った。《君はその一言でどれだけのことを語ったことか！　こういう愛はね、ナースチェンカ、時には人の心を震えあがらせ、つらく重い気分にさせるものなんだよ。君の手はひんやり冷たいけれど、僕の手は炎のように熱い。君は何も見えていないんだね、ナースチェンカ！……ああ！　時には、幸せな人間というのはなんと耐え難い存在だろう！　それでも僕は君に腹を立てることなんかできない！……》

とうとう僕は胸がいっぱいになってしまった。

「ちょっと聞いてくださいナースチェンカ！」僕は叫んだ。「今日一日、僕に何があったか、知っていますか？」

「何、いったい何があったの？　どうぞ早く教えてちょうだい！　どうしてあなたは今まで黙っていたの！」

「まずはじめに、ナースチェンカ、あなたから頼まれた用事をすべて済ませたんです。あなたの知り合いの親切な人たちを訪ねて、手紙を渡して、それから……それから家に帰って寝たんです」

「たったそれだけ？」と、彼女は笑って遮った。

「そうほとんどそれだけ」僕は気持ちの高ぶりを抑えながら答えた。なぜなら、僕の目には、愚かしい涙がすでにこみ上げていたからだ。「僕は、あなたに会う約束の一時間前に目を覚ましたのですが、実はろくに眠っちゃいなかったみたいなんですね。何が僕に起こったのかわからないのです。この奇妙な感じを何もかもあなたにお話しするために歩いてきたのですが、僕にとっては、なんだか時間が止まってしまったに違いない、あの時からたった一つの感覚、たった一つの感情だけが僕の中で永遠に留まっているに違いない、まるでそんな感じなんです。ある瞬間が永遠に続いているみたいな、僕にとっては人生全体が止まってしまったみたいな……。目を覚ましたとき、何かのメロディーの断片が、ずっと前から馴染の、どこかで聞いたことがあるのだけれど忘れてしまっていた甘美なモチーフが、たった今、記憶に蘇ったような気がしました。そのメロディーは今までずっと僕の心の中から外へ出たがっていたのが、今やっとね……そんな感じがしたのです」

「ああ、なんてことでしょう！」ナースチェンカは僕の言葉を遮った。「どうしてすべてそんなふうなの？　私、一言も、さっぱりわからないわ」

「ああナースチェンカ！　何とかして、あなたにこの奇妙な印象を伝えたいなあ……」僕は、哀れっぽい声で語りはじめた。その声には、きわめて微かなものではあるが、いまだに期待が込められていた。

ずるい娘だ！

「もう結構、やめて、もういいわ！」彼女は、言った。一瞬にして感づいたからだ、

不意に彼女はなぜか、とんでもなく陽気にはしゃいでお喋りになった。彼女は僕の手を取り、笑って、僕にも笑ってくれと言うのだ。そして僕が戸惑いながら発する一言一言にいちいち反応して、ひどく甲高《かんだか》い長々とした笑い声を上げた……。僕は腹が立ってきた。彼女は不意に思わせぶりな態度に出た。

「ねえ聞いて」と、彼女は話しはじめた。「あなたが私に恋してくれないことが、私ちょっぴり悔しいのよ。悔しがったりして、人間はわからないものね！　それでもね、不屈の闘士さん、私がこんなに素直であることだけは、褒《ほ》めてくれなきゃ駄目よ。私はあなたに何から何まで、どんな下らないことでも頭に浮かんだことはすべて、お話ししているんだから」

「ちょっと聞いて！　あれは、十一時じゃないかな？」と僕は言った。町の遠くの鐘楼から、規則正しい鐘の音が鳴り出したのだ。彼女は急に話を中断し、笑うのをやめて、鐘の音を数えはじめた。

「そうね、十一時だわ」ついに彼女は、心細そうな戸惑いがちの声で言った。

僕は彼女を脅かして鐘の音を数えさせたことをすぐさま後悔し、自身の悪意の発作を呪った。彼女のことを思うと、僕はつらくなり、罪をどうやって償ったらいいかわからなかった。彼が来られないさまざまな理由を探し出し、ありとあらゆる論証をして、彼女を慰めにかかった。この瞬間の彼女ほど、容易《たやす》く騙せる相手はいなかった。それにこんな時なら誰だって、どんな慰めでも喜んで聞くだろうし、ほんの少しでも弁明らしきものが聞ければ、それで大喜びするはずだ。

「いや、馬鹿げた話ですよ」と僕は、ますます熱くなり、自身の論証の並々ならぬ明晰さに陶然としながら話しはじめた。「それに彼は、来られるはずがないじゃありませんか。あなたは僕まで混乱させて話に引き込んでしまいましたね、ナースチェンカ。だから僕は時間も計算できなくなってしまって……。ちょっと、考えてもごらんなさい。彼はやっと手紙を受け取ったかどうか、というところですよ。彼が今日は来られないとして、手紙で返事を出すとしたら、手紙が来るのは早くても明日ですよ。僕は明日の早朝、彼のところへ行って来て、すぐさま様子をあなたに知らせますよ。結局、考えてもごらんなさい。可能性は無数にありますよ。たとえば、手紙が来たとき、彼が家にいなかった、それでひょっとすると彼はいまだに手紙を読んでいないのかもしれないでしょう？　何だって起こり得るんですからね」

「そう、そうよね」ナースチェンカは答えた。「私、考えてもみなかったわ、でももちろん、何だって起こり得るわね」と、彼女はきわめて従順な声で続けて言った。しかし、その声には、何か別の考えが、忌々しげな不協和音となって微かに聞き取れた。「あなたにしてもらいたいことはね」と、彼女は続けた。「明日の朝、なるべく早く行って、何かわかったら、すぐに私に教えてちょうだい。私の住所は知っているわよね？」そして彼女は自分の住所を繰り返しはじめた。

それから不意に彼女の態度は、それはか弱く、それはおどおどとしたものになった……。僕の話は注意深く聞いているようだったが、こちらが何か質問すると、彼女は黙りこんで、当惑してしまい、僕から顔を背けた。彼女の目を覗きこんで見たら――やっぱりそうだ。彼女は泣いていたのだ。

「どうして？　いったいどうしたの？　ああ、あなたは子供なんだなあ！　なんて子供っぽいんだろう！……もういいから！　泣かないでも……」

彼女は微笑もう、落ち着こうとしたが、顎はひくひくと震え、胸は相変わらず波立っていた。

「私、あなたのことを考えていたの」彼女はちょっと黙ってから言った。「あなたは本当に優しい人だから、もしそれに気づかないなら、私の心は石みたいに鈍感ね……。今、私の頭に何が思い浮かんだか知っている？　あなたたち二人を比較してみたの。どうしてあの人なのか？――あなたではなくて……。どうしてあの人はあなたみたいじゃないのかしら？　あの人はあなたほど良い人じゃないわ。でも私は、あなたよりあの人の方を愛しているのだけれど」

僕は何も返事をしなかった。彼女は僕が何か言うのを待っているようだった。

「もちろん、たぶん、私はまだあの人のことをよく理解していないのかも、よく知らないのかもしれないわ。あのね、私はなんだかいつも彼が怖かったの。彼はいつだってとても真面目だし、なんだかとてもプライドが高いんですもの。もちろん、これは彼がそんなふうに見えるだけで、心の中には私よりも優しいものを持っていることは知っています……。ほらあのとき、私が包みを抱えて、あの人のところへ行ったとき、あの人がどんな顔で私のことを見たか、今でも憶えているわ。それでもやっぱり私はなぜか彼を尊敬しすぎているの。これじゃ、まるで私たちが対等じゃないみたいね？」

「いやナースチェンカ、それは違う」僕は答えた。「それはつまり、あなたは彼のことを、この世の何より愛しているからです。自分自身よりもずっと愛しているからです」

「そうね、きっとその通りなんでしょう」無邪気なナースチェンカは答えた。「でもね、今、私の頭に何が思い浮かんだか、知っている？　私がこれから話すのは、あの人のことじゃないわよ、もっと一般的なお話ね。私、もう大分前から、しょっちゅうこのことが思い浮かぶの。ねえ、どうして私たちは皆、お互いに兄弟みたいになれないのかしら？　どんな良い人でも何かしら他人には隠し事をして、自分の秘密を他人には言わないのは、なぜかしら？　風に向かって話しかけるみたいに、何の手応えもなく言葉が雲散霧消してしまうわけじゃないとわかっているなら、どうして自分の心にあることをすぐに率直に言ってしまわないのかしら？　これじゃあ、誰もがまるで、実際の自分よりも手強そうな人間に見せかけようとしていて、自分の感情をあまりすぐに明かしてしまったら、それを傷つけることになるとでも恐れているみたいじゃない？……」

「ああ、ナースチェンカ！　あなたが言っているのは本当のことです。ただそうしたことが起きるには、多くの理由がありましてね」僕はこの瞬間、いまだかつてないほど、自身の感情を抑制しながら言った。

「いえ、違うわ！」彼女は深い感情をこめて答えた。「だってたとえばあなたはそんなふうじゃないもの。他の人とは違うわ！　私は本当に、自分が感じていることを、あなたになんてお話ししたらいいかわからないの。でもね、たとえば……今だって……あなたは私のために何か犠牲を払ってくれている気がするの」彼女は、ちらっと僕を見てからおずおずと付け加えた。「こんな言い方をしてごめんなさいね。でも私、単純な娘だから。だって私、まだ世間をあまり知らないし、本当に、時にはうまく喋れないこともあるんですもの」彼女は心に秘めた何らかの感情ゆえに、声を震わせてそれでも微笑もうと努めながら、そう付け加えた。「でも私、あなたに感謝していること、こんな私でもそのことはいつも感じていることだけは、あなたに伝えたくて……。ああ、このことで、どうか神様があなたに幸せを与えてくださいますように！　この間、さんざん話してくださったあなたの夢想家のこと、あれはまるきりの嘘よ。というか、私が言いたいのはね、あなたとは全然関係のない話よ。あなたは回復しているし、自分で描写したのとはたしかにまったく別人ですもの。いつかあなたが誰かを愛するときがきたら、どうか神様、あなたが彼女と一緒になって幸せになれますように！　彼女のためには何もお祈りしないわ。だって、あなたと一緒になれば、彼女は幸せになれるんですもの。私だって女だから、そんなことはわかるわ。だから私がこう言ったら、あなたは信じなければダメよ……」

彼女は黙りこみ、僕の手を強く握りしめた。僕も興奮のあまり何も言うことができなかった。数分がたった。

「どうもあの人は今日は来そうもないわね！」彼女はついに顔を上げて、そう言った。「もう遅いもの！……」

「明日は来ますよ」僕は請け合うように確信に満ちた声で言った。

「そうね」彼女は快活さを取り戻して言った。「明日にならなければ彼は来ないってこと、今は私もわかっているわ。それじゃ、これでさようなら！　また明日！　もし雨が降ったら、私、来ないかもしれない。でも明後日は来ます。私に何があっても必ず来るわ。あなたも必ずここに来てね。あなたに会いたいの。何もかもお話しするから」

やがて僕ら二人が別れの挨拶を交わしたとき、彼女は僕に手を差し出し、僕の顔を晴れやかに見上げて言った。

「私たちは、これから永久に一緒ですものね、そうでしょ？」

ああ、ナースチェンカ、ナースチェンカ！　僕が今どれほどの孤独の内にあるか、君が知っていてくれたなら！

時計が九時を打つと、僕はとても部屋にじっとしていられず、悪天候にもかかわらず、服を着替えて外に出た。僕はあそこへ行き、いつもの僕らのベンチに座っていた。僕は彼女の住む横町へ向かったが、恥ずかしくなり、家のすぐ傍まで行くことも、彼女の家の窓を見ることもできずに、引き返した。家に帰り着くと、一度も経験したことのないほどの、ひどい塞ぎの虫に取り憑《つ》かれた。なんてじめじめした侘しい天気なんだ！　もし天気さえ良ければ、一晩じゅう、あの辺りを歩きまわっていたことだろう……。

しかし明日まで、明日までの辛抱だ！　明日になれば、彼女は僕に何もかも話してくれる。

しかし今日も、手紙は来なかったな。とは言え、それも当然のことかもしれない。二人はすでに一緒にいるのかも……。

第四夜

ああ、すべては何《なん》たる結末を迎えたことか！　一切がこんなふうに終わるとは！

僕が着いたのは九時だった。彼女はすでにそこにいた。僕は遥か彼方から彼女の姿には気づいていた。彼女は、最初の時と同様、運河の手摺りに肘をついて立っている。僕が傍に近づいたのには気づかなかった。

「ナースチェンカ！」僕は内心の動揺を無理やり抑えつけながら、彼女に声をかけた。

彼女はさっと振り返った。

「さあ！」彼女は言った。「さあ！　早く！」僕は当惑して彼女の顔を見つめた。

「ねえ、お手紙はどこなの？　お手紙を持って来てくれたんでしょ？」彼女は手摺りに摑まって繰り返した。

「いえ、僕は手紙は持っていません」僕はやっと言った。「まさかあの人は、まだ現れていないんですか？」

彼女はひどく蒼ざめ、長い間、身じろぎもせずに、僕を見つめていた。僕は、彼女の最後の希望を打ち砕いてしまったのだ。

「もうあの人なんて、どうでもいいわ！」彼女はやっと、途切れがちの声で言った。「こんなやり方で私を棄《す》てるなら、もう勝手にすればいいわ」

彼女は目を伏せ、それから僕を見上げようとしたが、できなかった。さらに数分間、なんとか内心の動揺を抑えようとしていたが、不意に顔を背け、運河の手摺りに肘をついたかと思うと、泣き崩れた。

「もういいから、そんなに泣かないで！」と、僕は話し始めたが、彼女を見ていると、話し続ける気力がなくなってしまった。それにいったい、何と言えばいいのだろう？

「私を慰めたりしないで」彼女は泣きながら言った。「あの人の話はやめて。彼はきっと来るなんて言わないで。あの人はこんな血も涙もない残酷なやり方で私を棄てたのではない、なんて言わないでちょうだい。いったいなぜ、どうしてあの人は、こんなことをするの？　私の手紙、あの可哀相な手紙の何がいけなかったというの？」

ここで彼女の声は嗚咽で途切れた。彼女を見ていると、僕の心は張り裂けそうだった。

「ああ、なんて残忍非情なんでしょう！」彼女は再び話しはじめた。「一行も書いてくれないなんて！　せめて、私なんてまるきり無用で、もう棄てることにした、とでも返事をくれるならともかく、丸々三日間、ただの一行も書いてくれないなんて！　あの人を愛しているという他に、何の罪もない、哀れな心細い女の子を、あの人はよくもこうやすやすと侮辱して虐められるものだわ！　ああ、私、この三日間、どれほど我慢していたか！　ああ、なんてことなの！　ひどいじゃない！　最初に私の方からあの人のところに行って、彼の前で遜《へりくだ》って泣いたこと、ほんの少しでも私を愛してくれと懇願したことを思い出すと……それなのに今さら！……。ねえ聞いて」と、彼女は僕の方に向き直り、黒い瞳を輝かせながら、話し始めた。

「これは間違っているわ！　こんなことはあり得ない、不自然よ！　あなたか、さもなければ私が騙されているんだわ。もしかすると、あの人はお手紙を受け取っていないんじゃない？　いまだに何も知らないんじゃないかしら？　こんなことがあるわけないわ。考えてもみてよ、お願い、説明してちょうだい――私、どうしてもわからないの――あの人が私にしてみせたような無礼でひどい振る舞いが、どうしてできるんでしょう！　一言も言ってこないなんて！　この世の最低の人間にだって、もう少しは同情を示すものよ。もしかしたらあの人は何か聞いたのかしら。誰かが彼に私の悪口でも言ったのかしら？」彼女は僕に向かって叫ぶように問いかけた。「ねえ、あなた、どう思う？」

「いいですか、ナースチェンカ、僕は明日、あなたの代わりに彼のところへ行きましょう」

「それで！」

「彼に何もかも訊いて、何もかも話してきます」

「それで！」

「あなたは手紙を書いてください。いやだと言わないでくださいよ、ナースチェンカ、いやだと言ってはいけません！　僕が彼に、あなたの行為に敬意を払うようにさせます。彼にはすべて伝えます。そしてもし……」

「いやよ、あなた、それはダメ」と彼女は遮った。「もうたくさん！　これ以上、一言も私からは言えないわ、一行も――もうたくさんよ！　私は、あの人がわからない、もう愛してもいないわ。彼のことなんか忘れて……しまう……」

「落ち着いて、どうか落ち着いてください！　ここに座って、ナースチェンカ」と僕は言って、彼女をベンチに座らせた。

「私は冷静よ。もうたくさんよ！　何でもないわ！　こんなのただの涙よ！　すぐに乾いちゃうわ！　どうしたの、私が自殺でも、入水でもすると思うの？……」

僕は、胸がいっぱいで、何か話そうとしたが、できなかった。

「ねえ聞いて！」彼女は僕の手を取り、先を続けた。「言ってちょうだい。あなただったら、こんな振る舞いはしなかったでしょう？　あなたなら、自分の方からやって来た女の子を棄てたりしないでしょう？　彼女のか弱い愚かな心に、厚かましくも面と向かって嘲笑を浴びせたりしないでしょう？　あなたなら、彼女を大切にしてくれるわよね？　あなたなら、わかるでしょう？　彼女が一人ぼっちで、自分をコントロールできずに、あなたへの愛を抑えきれなかったんだって。彼女には、何の罪もないのよ、彼女のせいじゃないのよ……。何も悪いことはしていないんだもの！……ああ、それなのに、ひどいわ……」

「ナースチェンカ！」僕はとうとう自分の興奮を抑えきれずに叫んだ。「ナースチェンカ！　あなたのせいで僕の心はズタズタです。心がキリキリ痛んで、僕はもう死にそうですよ、ナースチェンカ！　もう黙ってはいられません！　いよいよ僕の心に溜まりに溜まったことを告白しなければ……」

僕はこう言いながらベンチから腰を上げた。彼女は僕の手を取ると、びっくりして僕をみつめた。

「あなた、どうしたの？」ついに彼女は言った。

「まあ聞いてください！」僕はきっぱりと言った。「僕の言うことを聞いてください、ナースチェンカ！　僕がこれから話すことは何もかも、途方もない、とても叶《かな》うはずのない馬鹿げた話です！　そんなことは決して起こるはずがないのは、よくわかっているのですが、黙っていられないのです。あなたが今苦しんでいるものの名によって、前もってお願いします、どうぞ僕を赦してください！……」

「まあ何なの？」彼女は泣きやんで、じっと私の顔をみつめながら、そう言ったが、同時に、そのびっくりした目は奇妙な好奇心で煌めいていた。「あなた、どうしたの？」

「これは叶わぬことですが、僕はあなたを愛しているんです、ナースチェンカ！

そういうことなんです。さあこれですっかり打ち明けてしまった！」僕は、えいっとばかりに片手を振って、そう言った。「これであなたもわかるでしょう？　あなたが今までと同じように僕に話ができるか、それより僕がこれから話すことを聞いていられるかどうか？」

「まあ、どうしたの？　いったいどうしたの？」ナースチェンカは遮った。「それでどうなると言うの？　あなたが私を好きだというのは、私、とっくにわかっていたわ。でも、ただ普通に好意をもっているんだとずっと思っていたのだけれど……まあ、どうしましょう、どうしたらいいの！」

「最初は、ただ普通に好意をもっていたんですよ、ナースチェンカ、でも今は、今は……僕はちょうどあなたが彼のところに包みを抱えて行ったときと同じなんです。あのときのあなたの方がまだマシですよ。だって、あのとき、彼には他に愛する人がいなかったけれど、今のあなたにはいるんですから」

「あなた、何を言い出すの！　私、とうとうあなたがまるきりわからなくなってしまったわ。でもちょっと聞いて。それはいったい、何のために、いえ、何のためにというか、いったいなぜあなたはそんなことを急に……。ああ！　私、馬鹿なことを言っているわ！　でもあなたは……」

そしてナースチェンカは、すっかりどぎまぎしてしまい、頰を赤らめ、目を伏せた。

「どうしたらいいのか、ナースチェンカ、僕はどうしたらいいんだろう！　僕が悪いんだ。君の弱みにつけこんで……。いや、そうじゃない、違う、僕が悪いんじゃないんです、ナースチェンカ。それは自分で感じるんです。というのも僕の心が、僕は正しいと教えてくれるからです。僕はあなたのことを決して怒らせたり傷つけたりはできませんからね！　僕はあなたの親友でした。そう、現に今も親友です。決して裏切ったりしていませんよ。ほら、僕は涙をこぼしているでしょう、ナースチェンカ。涙なんか勝手に流れればいい――誰の邪魔にもならないんだから。そのうち乾いてしまいます、ナースチェンカ……」

「とにかく座って、座ってちょうだい」彼女は僕をベンチに座らせながら言った。

「まあ、本当になんてことなの！」

「いいえ！　ナースチェンカ、僕は座らない。僕はもうこれ以上ここに居ることはできない。あなたは僕に二度と会うことはないでしょう。僕は何もかも言ってしまったら、ここを去ります。ただ言っておきたいのは、僕があなたを愛しているなんて、あなたは決して知らずにすんだはずのことなんですよ。僕は自身の秘密を守り通したはずです。今、この瞬間のように、僕のエゴイズムであなたを苦しめるつもりはなかったんです。決して！　ところが今はもう抑え切れなくなってしまった。こういう話を始めたのは、あなた自身ですからね。あなたがいけないんです。何もかもあなたのせいで、僕が悪いんじゃない。僕を追っ払うわけにはいきませんよ……」

「そんな、あなたを追っ払うなんて、そんなこと決してしないわ！」ナースチェンカは、可哀相に、自身の当惑をできる限り隠しながら、そう言った。

「あなたは僕を追っ払わないと言うのですね？　そうでしょう！　でも僕自身があなたの前から逃げ出したいと思ったのです。僕は立ち去ります。ただし、まずすべてを話してからにします。というのも、あなたがここで話していたとき、僕は居ても立ってもいられなかったのです。ここであなたが泣いていて、あなたがその、（こうなったらハッキリ言ってしまいましょう、ナースチェンカ、）棄てられ、愛を拒絶されたために、苦しんでいたとき、僕は自分の心の中にあなたに対する愛がどれほどあるかを、ハッキリ感じたんです、ナースチェンカ、どれほどの愛が溢れているかをね！……そして、その愛情であなたを助けられないことがあんまりつらくなって……

心が張り裂けてしまい、それで僕は、僕は――もう黙っていられなくなったんです。どうしても話さずにはいられなかった。ナースチェンカ、どうしても話さずにはいられなかったんですよ！……」

「そう、そう！　私にみんな話して、そんなふうに話してちょうだい！」ナースチェンカは説明し難い気持ちの揺らぎを見せながら言った。「私がこんなふうに言うと、もしかしてあなたは変な気がするかもしれないけれど……でも話してちょうだい！　私は後でお話しするわ。何もかもあなたにお話しするわ！」

「あなたは僕を哀れに思っているんだ、ナースチェンカ、ただ僕を可哀相だと思っているんでしょう、僕の親友さん！　まあダメなものは仕方ないですね！　一回言ってしまった言葉は取り返しがつかない！　そうでしょう？　さあ、今やあなたはすべてを知ってしまった。まあこれが出発点というわけです。それで結構！　何もかも上出来ですよ。ただ、ちょっと聞いてください。あなたが座って泣いていたとき、僕は秘かに考えていたんです（ああ、僕の考えを言わせてもらえば、ですね！）、僕はたしかに考えていた（まあもちろん、そんなことはあり得ないんですが、ナースチェンカ）、僕は思ったんです……あなたが……なんとかその……つまりまったくのひょんな何かのはずみで、もはやあの人のことを愛さなくなったのではないかと――。そうすれば――これは昨日も一昨日もすでに考えたことですがね、ナースチェンカ――そうしたら、僕は、あなたが僕を好きになってくれるようにしよう、必ずやってみようと思ったんです。だってあなた自身が言ってくれたでしょう、ナースチェンカ、もうほとんどすっかり僕のことを好きになってしまったって。さてその先は何だっけ？　そう、僕の言いたかったことは、これでほとんど終わりです。

あと言い残しているのは、もしあなたが僕を好きになってくれたら、どうしようか、ということだけ、他には何もありません！　まあ聞いてくださいよ。だってあなたはやはり僕の親友ですからね――僕はむろん、平凡で貧しく、実に取るに足らぬ人間です。ただ、問題は、そういうことじゃなくて（僕はなんだかいつも的外れなことばかり話しているな。これは、テレ臭いからなんですよ、ナースチェンカ）、ただ僕はこんな愛し方をしたいんですよ。もしあなたがまだ彼を好きで、今も僕の知らないあの人を愛し続けているのなら、とにかくあなたに気づかれないように、僕の愛があなたにとって、なんとか重荷にならないような、そんな愛し方をね。あなたにはただ、いつの瞬間にもあなたの傍に、あなたのおかげで感謝でいっぱいの心が、熱い心が鼓動していることを感じていてもらいたいだけです……。ああナースチェンカ、ナースチェンカ！　あなたは僕になんていうことをしたんでしょう！……」

「泣かないで、私、あなたに泣かれるのはいやよ」ナースチェンカは素早くベンチから立ち上がりながら言った。「行きましょう、立ち上がって、私と一緒に行きましょう。泣かないで、泣かないでちょうだい」僕の涙を自分のハンカチで拭きながら、彼女は言った。「さあ行きましょう。私、ひょっとしたらあなたに何か言うかもしれないわ……。そうよ、こうしてあの人が私を棄ててしまったからには、私のことなんか忘れてしまったからには、私はまだあの人を愛しているけれど（あなたに嘘はつきたくないの）、……でもちゃんと私の言うことを聞いて答えてちょうだい。もし仮に私があなたを好きになったら、つまりもし私が……ああ、あなたは、私の本当のお友達ね！　それなのに私ときたら、あなたが私に恋をしないところが偉いなんて褒めて、あなたの愛情を嗤ったりして、あなたを侮辱してしまって。それを思うと、私、それを思うと！……ああ、なんてこと！　そう、いったいどうして私はそれを見抜けなかったのかしら。私、なんて馬鹿だったんでしょう。でもね……いいわ、もう、私、決心したんですもの。何もかも言ってしまうわ……」

「ちょっと聞いてください、ナースチェンカ、いいですか？　僕はあなたの元から立ち去ります。断然そうします！　僕はあなたを苦しめるばかりですからね。現に今も、あなたは僕を嗤ったことで良心の呵責を感じている。でも僕は、そんなことは望まないんですよ。あなたがただでさえ悲しみを抱えているのに、その上さらになんて……。もちろん、悪いのは僕です、ナースチェンカ、これでお別れしましょう！」

「ちょっと待って、私の言うことを最後まで聞いてちょうだい。ちょっと待ってくださる？」

「何を待つんです、どうして？」

「私はあの人を愛しています。でもそんなもの消えてしまうわ。必ず消えるはず、消えないわけがないわ。もう消えかけているのを私、感じているもの……。ひょっとしたら、今日にも消えてしまうかもしれない。だって私はあの人を憎んでいるから、彼は私を嘲笑《あざわら》ったから。それに比べてあなたは、ここで私と一緒に泣いてくれたでしょ。あなたは、あの人みたいに私を撥ねつけたりしないし、彼は私を愛してくれなかったけれど、あなたは愛してくれているから。それに私自身も結局、あなたを愛しているんですもの……そうよ、愛しているのよ！　あなたが私を愛してくれているのと同じようにね。だって私、もうとっくに、自分からそのことをあなたにお話ししたんですもの、あなたも聞いたでしょ――あなたを愛するのは、あなたの方が彼よりも良い人だから、あなたの方が高潔だから、それに彼は……」

可哀相に彼女はあまりにもひどく興奮してしまったので、最後まで話し終えることができず、自分の顔を僕の肩に押し当て、やがて胸に押し当て、激しく泣き出した。僕は彼女を慰め、宥《なだ》めようとしたが、彼女は泣きやむことができなかった。その間じゅう僕の手を握り締めて、嗚咽の合間に途切れ途切れに言った。「待って、ちょっと待ってね。今すぐ泣きやむから！　あなたに言いたいのは……変に思わないでね、こんな涙なんて――何でもないわ、ただ私が弱虫だからなの、ちょっと待ってね、落ち着くまで……」ついに彼女は泣きやみ、涙を拭いてから、僕たちはまた歩き出した。僕は話したかったのだが、彼女がまだ長いこと、もうちょっと待ってくれと言うので、僕たちは黙りこくっていた……。ようやく彼女は気を取り直すと、話しはじめた……。

「あのね、こうなの」彼女はか細い声を震わせて話しはじめたが、その声には、不意に僕の心に真っ直《す》ぐ突き刺さり甘く疼かせる何かが響きはじめた。

「私がひどく浮気者でふわふわと落ち着きのない女だと思わないで、あっけなくすぐさま相手を忘れたり裏切ったりする女だと思わないでちょうだい……。私は丸々一年間、あの人のことを愛し続けて、神様に誓ってもいいけど、一度も、ただの一度もあの人を裏切ることなんて、考えたこともないわ。それなのにあの人は、人を見縊《みくび》って、私のことを嗤っていたのよ——あの人なんて、どうなったってかまわないわ！　彼は私の心を傷つけて侮辱したんですもの。私——私はあの人なんて嫌いよ。だって私が愛せるのは、寛大で、私を理解してくれる高潔な人なんですもの。私自身がそういう人間だからよ。彼は、私が愛する値打ちのない人よ——あんな人、もうどうでもいいわ！　かえって良かったくらいよ、後で私が期待を裏切られて、彼の正体に気づくよりは……。このお話は、もうおしまい！　でもひょっとするとね、私の優しい親友さん」彼女は私の手を握りながら続けた。

「もしかすると、私の恋愛がそもそも勘違い、想像力の創り出した錯覚だったのかもしれないわ。だって私はお祖母ちゃまにずっと監視されていたから、そのせいでちょっとした気紛れを起こして極《ご》くつまらない切っ掛けで始まったことかもしれないじゃない？　たぶん私は、あんな人じゃない、もっと別の人を愛さなければいけないのよ。私のことを憐れんでくれるような、そして……もういいわ、こんな話、止めましょう」ナースチェンカは、興奮のあまり息を詰まらせながら、話を中断した。「私があなたに言いたかったのはただ……私が彼を愛しているにもかかわらず（違うわ、愛していたにもかかわらずね）、それでももしもあなたがそう言ってくださるなら……もしもあなたの愛があまりにも大きくて、ついに私の心の中から以前の愛を追い出してしまえるものだと、あなたが感じるのなら……もしもあなたが私に憐れみをかけたいと思い、私を何の慰めも希望もない運命に一人ぼっちで置き去りにしたくないと思ってくれるなら、これから先ずっと、今と変わらず私を愛してくれるなら、誓って言いますが、私の感謝の気持ちは……私の愛は、ついにきっと、あなたの愛に相応《ふさわ》しいものになるわ……。さあ私の手を取ってくださる？」

「ナースチェンカ」僕は嗚咽で息を詰まらせながら叫んだ。「ナースチェンカ！……ああ、ナースチェンカ！……」

「もういいわ、十分よ！　さあ本当にもうたくさんよ！」彼女は辛うじて自分を抑えるようにして話しだした。「さあもうこれですっかりお話ししてしまったわよね？　そうでしょ？　これであなたも幸せだし、私も幸せね。このことについては、もう一言も言うのはやめましょう。ちょっと待って。私を赦してね……。何か別のことについて話してちょうだい、お願いだから！……」

「ええ、ナースチェンカ、そうですとも！　この話はもうたくさんだ。今、僕は幸せだし、僕は……。さあナースチェンカ、何か別の話をしましょう、なるべく早く、一刻も早く。そう！　僕ならいつでも……」

ところが、僕らは何を話したらいいかわからず、笑ったり泣いたり、何の脈絡もなく意味もない言葉を延々と並べ続けた。二人は歩道を歩いていたかと思うと、不意に逆戻りして、通りを渡ろうと駆け出したり、それから何度も立ち止まったり、また道を渡って運河沿いの通りに行ったりした。僕らはまるで子供のようだった……。

「僕は今、一人暮らしなんだけど、ナースチェンカ」と、僕は話しはじめた。「明日には……そりゃもちろん、僕はその、ナースチェンカ、貧乏です。年にたった千二百ルーブリしか貰ってないんですからね。でもそんなことは何でもないでしょう……」

「もちろん、何でもないわ。お祖母ちゃまには年金もあるのだし。だから、お祖母ちゃまは重荷にはならないでしょ。お祖母ちゃまを引き取らなくちゃいけないのよ」

「もちろん、お祖母さんは引き取らなくちゃ……ただ、マトリョーナがいるからな……」

「ああ、うちにもフョークラがいるんだわ！」

「マトリョーナは善良な女です。ただ一つ欠点があって、想像力ってものがないんですよ、ナースチェンカ。まるきり想像力を欠いていますが、そんなことは何でもないですね！……」

「どうだっていいことよ。二人とも一緒に家に置けばいいのよ。ただあなたは、明日、私たちの家に引越していらっしゃいね」

「何ですって？　あなたのところへ？　よろしい、僕はもういつでも……」

「そうよ、うちに下宿なさいね。うちはね、上に中二階があるの。そこが空いているのよ。前には、貴族のお婆さんが借りていたんだけれど、引越してしまったから。それでね、お祖母ちゃまが若い男の人を入れたがっているのを、私は知っているの。『どうして若い人がいいの？』と私が訊くと、お祖母ちゃまはこう言うの。『いや、別に。私はもう年寄りだからね。ただナースチェンカ、私がおまえをその男のところへお嫁にやろうと思っているなんて思わないでおくれよ』それで私、ちゃんとわかっちゃったの、やっぱりそのためなんだって……」

「ああ、ナースチェンカ！……」

そして僕たち二人は笑い出した。

「さあもういいわ、十分よ。ところであなたはどこに住んでいるの？　私、忘れちゃった」

「あそこの──橋のバランニコフの家ですよ」

「あのすごく大きな建物？」

「そう、すごく大きな建物です」

「ああ、知ってるわ。良い家よね、ただね、あなたはそこを出て、なるべく早くうちへ引越して来てね……」

「明日にでも、ナースチェンカ、明日、早速。僕はあそこに少し部屋代の借金があるんだけれど、そんなもの、何でもありません……。もうすぐ給料日だし……」

「それにね、たぶん私、家庭教師になるわ。自分で勉強を終えたら、子供たちにレッスンをするの……」

「それは素晴らしい……僕はもうじきボーナスも出るし、ナースチェンカ……」

「じゃあ明日には、あなたはうちの下宿人ね……」

「ええ、それから一緒に『セヴィリアの理髪師』に行きましょう。だって今度またもうすぐあれをやるんだもの」

「そうね、行きましょう」ナースチェンカは笑いながら言った。「でも、『理髪師』じゃなくて、何か別のものの方がいいわ……」

「そうだね、何か別のものがいい。もちろん、その方がいいに決まっています。僕は思いつかなかったもんだから……」

そんなことを話しながら、僕らは二人とも、まるで熱に浮かされたように、自分たちに何が起きているのかもわからぬままに、霧の中を朦朧として歩いているようだった。立ち止まっては長いこと一か所で話しこんでみたかと思うと、また歩き出しては、どことも知れぬ場所に立ち寄ってみたり、そしてまたもや笑い、またもや涙にくれた……。急にナースチェンカが、もう家に帰りたいと言い出して、僕は引き留める勇気もなく、とにかく家まで送らせてくれと言って、僕らは歩きはじめたが、十五分もすると、ふと気づけば例の運河沿いの通りの僕らのベンチの前に来ているのだ。彼女は溜息を一つついて、また目には涙がこみ上げ、僕はおろおろして、ヒヤリとする……。しかし彼女はすぐさま僕の手を握って、散歩にお喋りにと引っ張っていく……。

「もう私、家に帰らなくちゃ。ものすごく遅い時間でしょ」とうとうナースチェンカが言った。「私たち、こんな子供みたいな真似はもうたくさんだわ！」

「そうだねナースチェンカ、ただ、僕は今夜はもう眠れないから、家には帰らないよ」

「私も眠れそうもないわ。でもあなた、私を送ってね……」

「もちろん！」

「でも今度こそ必ず私の家に着くようにしましょうね」

「ええ、必ず……」

「本当に？……だっていつかは家に帰らなくちゃいけないんですもの！」

「本当ですよ」僕は笑いながら答えた。

「さあ行きましょう」

「行きましょう！　空を見てごらんなさい、ナースチェンカ、ほら見てごらんなさい！　明日は素晴らしい日になりますよ、なんて青い空なんだ、なんていう月だろう！　見てごらんなさい、ほらあの黄色い雲が今、月にかかりますよ、見て、見てごらんなさい！　いや、雲は脇を通り過ぎましたね。見て、見てごらんなさい！……」

しかし、ナースチェンカは雲を見ていなかった。黙ったまま、その場に釘づけにされたように、立ち竦《すく》んでいた。ほんの少ししてから、彼女はちょっと怯えたように僕にぴったりと身を寄せてきた。僕の手の中で、彼女の手は震えはじめた……。僕は彼女の顔を見た……。彼女はいっそうシッカリと僕にしがみついた。

この瞬間、僕らの脇を、一人の若い男が通り過ぎた。彼は突然立ち止まり、じっと僕らを見つめたが、再び数歩、歩み去った。僕の心臓はドキドキし始めた……。

「ナースチェンカ」僕は小声で言った。「あれは誰なの、ナースチェンカ？」

「あの人よ！」彼女は囁き声で答えると、さっきよりも震えながら、さらにぴったりと僕に身を寄せた……。僕は立っているのがやっとだった。

「ナースチェンカ！　ナースチェンカ！　君なんだね！」僕らの背後で声がしたその瞬間に、若い男が僕らの方に数歩、歩み寄った……。

ああ、なんという叫び声だ！　彼女がどんなに身を震わせたことか！　僕の手を振りほどき、いかに軽やかにひらりと彼の元へ駆け寄ったことか！……。僕は、呆然として突っ立ったまま彼らをみつめていた。しかし彼女は、彼に手を差し出し、彼の両腕に飛び込むや否や、不意に再び僕の元に引き返し、風のごとく、稲妻のごとく、僕の傍に舞い戻り、僕が我に返る間もなく、あっという間に僕の首っ玉を両手で抱き締めると、強く熱いキスを僕にした。それから、一言も言わずに、再び彼の元へ飛び返り、彼の両手を取ると、彼をぐいぐい引っ張って行った。

僕は長い間、その場に立ったまま彼らを見送っていた……。とうとう二人とも、僕の視界から消えてしまった。

朝

僕の白夜は、その朝、終わった。いやな天気の日だ。雨が降っており、窓に当たって、陰鬱な音を立てている。部屋の中は薄暗く、外はどんよりとした曇り空だ。僕は頭が痛いし、眩暈《めまい》もしている。全身のあちこちに熱病の悪寒《おかん》が忍び寄っていた。

「旦那様にお手紙ですよ。市内便で郵便屋が配達してきました」マトリョーナが僕を見下ろして言った。

「手紙だって！　誰からだ？」僕は椅子から跳び起きて叫んだ。

「さあ、わかりません。旦那様。見てごらんなさい。たぶん、そこに差出人が書いてあるでしょう」

僕は封を破った。彼女からだ！

《ああ、ごめんなさい。どうぞ私を赦してください！》ナースチェンカは書いてきた。《跪《ひざまず》いてお願いします。私を赦してください！　私は、あなたも自分も欺いていました。あれは、夢、幻でした……。私、あなたのことを思うと、今日は苦しくてたまりませんでした。ごめんなさい、私を赦してください！……

どうか私を責めないで、というのも私は、あなたに対して何一つ裏切るようなことはしていないからです。あなたをこれから愛しますと申し上げました。私は、今でもあなたを愛しています。愛する以上の気持ちです。ああ、なんてことでしょう！　あなた方二人とも、同時に愛することができれば！　あなたが彼であってくれたなら！》

「ああ、彼があなたであってくれたなら！」僕の脳裏をこの言葉が過《よ》ぎった。僕は君の言葉を思い出したよ、ナースチェンカ！

《神様はご存じです。今の私は、あなたのためなら何だってします！　あなたがつらくて悲しいことは、よくわかっています。私はあなたの心を傷つけてしまったのですもの。でも知っているでしょう？　愛があれば心の傷はそのうち忘れられるものです。そしてあなたは私を愛してくださっているのですもの！

ありがとうございます！　そうよ！　あなたの愛情に感謝しています。だってあなたの愛情は、覚めても長いこと憶えている甘い夢のように、私の記憶に刻みつけられているのですもの。あなたが兄のように親しく自分の心を私に開いてくださり、私の打ちのめされた心を大切に慈しみ癒すために、あんなに寛大に受け入れてくださったあの瞬間を、私は永久に憶えているのですもの……。あなたが私を赦してくだされば、あなたについての記憶は私の中で永遠の感謝の念に高められ、私の心の中から決して消えることはないでしょう……。私はこの記憶を大切に守り、これに忠実に従い、決して裏切らず、自身の心に背くことも致しません。私の心は決して変わることがないのです。それで昨日も、あんなにも素早く永久に属している者の元へ帰って行ったのです。

私たち、またお会いしましょう。あなたは私たちのところにいらしてくださるわね、私たちを見棄てないでくださるわね。永久に私の親友で、兄でいてくださるでしょう……。そしてお会いしたら、私に手を差し出してくださるわね……そうでしょ？　あなたは手を差し出してくださる、私を赦してくださったわよね。ねえ、そうでしょ？……あなたは、今までと同じように、私を愛してくださっているわよね？

ああ、どうか私を愛して、私を見捨てないでちょうだい。だって私はこの瞬間、あなたをこんなに愛しているんですもの。今なら私はあなたの愛に相応しいし、必ずあなたの愛を得ることができるはずよ……私の愛しいお友達！　来週、私はあの人のところにお嫁に行きます。彼は恋の気持ちを抱いて帰って来てくれました。一時も私のことを忘れてはいなかったのです……。あの人のことを書いたりして、どうぞ怒らないでね。でも私、あの人と一緒にあなたをお訪ねしたいの。あなたは彼をきっと好いてくださる、そうでしょ？……

私たちをお赦しください。憶えていてください、どうか愛してください、あなたのナースチェンカを》

僕は、長い間、この手紙を読み返していた。涙が溢れそうだった。そしてとうとう、はらりと手紙が手から落ちると、僕は両手で顔を覆った。

「旦那様！　ねえ旦那様！」とマトリョーナが話しかけた。

「何だい、婆や?」

「天井のクモの巣は、すっかり片づけましたよ。これで今すぐお嫁さんをもらっても、お客さんを呼んでも、もう大丈夫ですよ……」

僕は、マトリョーナの顔を見た……。これは、まだ元気で若々しい婆やだったのだが、なぜか知らないが、急に彼女が、目の輝きも失せ、顔も皺《しわ》だらけの、腰の曲がったよぼよぼの婆さんに見えた……。なぜか急に、僕の部屋もこの老婆同様、古びてしまったように見えるのだ。壁も床も色あせ、何もかもがくすんでしまった。クモの巣は前よりもいっそう大きく蔓延《はびこ》っているみたいだ。どういうわけか窓の外を覗くと、向かいの家もやはりボロボロになり、くすんでしまったような気がする。円柱の漆喰《しっくい》が剝《は》げて、毀《こぼ》れ落ちているし、軒下の蛇腹も黒ずんで、方々にひびが入っており、鮮やかな濃い黄色だった壁はまだら模様になっているように見えた……。

陽の光が突然、黒雲の陰から差したかと思ったら、再び雨雲の背後に隠れてしまい、僕の目に映る何もかもが、どんよりと精彩を失ったせいだろうか。あるいは、ひょっとすると、眼前に、真に陰鬱でもの悲しい僕の将来の全景が、ちらと思い浮かんだせいかもしれない。ちょうど十五年後も、今と同じ自分が、年をとって、同じ部屋で同じように孤独に、その間に少しも賢くならなかったマトリョーナと相変わらずの暮らしをしているのだ。

それでも僕が、心を傷つけられたことをいつまでも憶えているわけがないよ、ナースチェンカ！　君の、一点の曇りもない、平穏な幸福に黒雲を吹きつけたりするもんか。苦々しい気持ちで君を非難して君の心を塞ぎこませたりするもんか。君の心を秘かな呵責で傷つけ、至福の瞬間に、不安な思いでドキドキさせたりするもんか。君があの人と共に祭壇に向かうとき、ブリュネットの巻き毛に編み込んだ可憐な花の一輪だって、捻り潰したりはしない……。ああ、決して、決してそんなことはしないよ！　君の空が晴れ渡り、君の愛らしい微笑みが明るく穏やかでありますように。君が、もう一人の孤独な、感謝に満ちた心に与えてくれた、あの、この上ない喜びと幸福の瞬間ゆえに、祝福に満たされますように！

ああ！　完全なる至福の瞬間だった！　あれは、人間の長い一生涯分に十分足りるほどのものではないだろうか？……

キリストの樅ノ木《ヨールカ》祭りに召された少年

しかし私は小説家《ロマン書き》なので、どうやら自分で、ある《物語》を創りあげてしまったらしい。なぜ私は《どうやら》などと書くのか——。なにしろ、創作したことは、自分でもたしかに知っているはずなのだから。それなのに、この出来事がいつかどこかで起こったことのような気がしてならないのだ。まさにちょうどクリスマス・イヴに、どこか巨大な町で、おそろしく寒いときに。

私の目には、地下室の中にいる少年の姿が浮かんでくる。いや、少年といっても、極《ご》く小さな、せいぜい六歳か、あるいはさらに年端《としは》もいかぬ子だ。この男の子が、朝、目を覚ましたのは、じめじめした冷たい地下室だった。粗末な上っ張りを着て震えている。吐息は白い湯気になるので、男の子は部屋の片隅に置いてある長持ちに腰掛けたまま、退屈しのぎの気晴らしに、わざと口から湯気を出しては、それがどんなふうに広がってゆくか、それを眺めていた。

それにしてもこの子は本当にお腹《なか》が空《す》いていた。朝からもう何度も、板寝床の傍《そば》に近寄ってみる。せんべい布団の上に、何かの包みを枕代わりに頭の下に当てて、病気の母親が寝ていたのだ。この女はどうしてこんなところにいるのだろう。おそらくよその町から息子を連れてやって来て、急に病みついてしまったに違いない。下宿の女主人《おかみ》は、もう二日も前に警察に捕まってしまっていたし、部屋を借りている連中も皆、クリスマスのお祭りのことゆえ、散り散りになっていた。たった一人残っているのは、お祭りも来ないうちにもう丸一昼夜も死んだように酔い潰れてぶっ倒れているだらしない怠け者の男だけだ。部屋のもう片方の隅には、八十歳ぐらいの婆さんが、リューマチで唸《うな》っていた。この婆さんは、昔はどこかで乳母《うば》をしていたのだが、今は一人ぼっちで死にかけており、おお、とため息をついたり、男の子に何やらぶつぶつ愚痴をこぼしたりするので、男の子は、もはや婆さんのいる一隅に近づくのも怖がっていた。飲み物は入口の辺りのどこかでたっぷり手に入れることができたが、食べ物は、パンの皮の切れっ端すらみつからず、もう十回も母親の傍に行っては、起こそうとしていた。

男の子は、暗闇の中でとうとう気味が悪くなってきた。とっくに夜になっているのに、明かりが灯《とも》っていないのだ。母親の顔を触ってみると、びっくりした。母親はぴくりとも動かないし、壁と同じくらいに冷たくなっていたからだ。「ここはものすごく寒いからなあ」と男の子は思った。亡くなった母親の肩になんとなく片手を置き忘れたまま、しばらく佇《たたず》んでいたが、やがて自分のちっちゃな指を温めようと、息を吹きかけ、それから不意に板寝床の上にあった自分のキャップを探り当てると、そっと手探りで地下室から出て歩きはじめた。前から出かけたかったのだが、階段を上った踊り場にいる大きな犬が怖くて仕方がなかったのだ。その犬は、隣の戸口の辺りで一日じゅう唸っていたのだが、今はもういなくなったので、男の子はいきなり通りに出てしまった。

ああ、なんてすごい町なんだろう！　こんなものは生まれてから一度も見たことがない。男の子が出て来た村は、毎晩真っ暗で、通り全体に街灯がたった一つしかなかった。木造の背の低いちっぽけな家々は、ぴったりと鎧戸《よろいど》を閉め、黄昏《たそがれ》どきともなれば、すぐさま通りには人っ子一人いなくなり、皆が自分の家に閉じ籠《こも》ってしまうのだ。あとはただ、何百、何千匹という犬が群れをなして一斉にひと晩じゅう吠えたり唸ったりするばかり。でもその代わり、あちらでは、それは暖かくて、皆が食べさせてくれた。それがここときたら――。ああ、それにしても何か食べたいなあ！　それにここはコッコッ、ガラガラ、なんてけたたましいんだ。なんていう光や人ごみだろう。馬や馬車の多いこと――。それに寒いったらありゃしない！　駆り立てられた馬の身体や吐息を熱く吹き出す鼻面《はなづら》から、凍った湯気がもうもうと立ち昇っている。もろい雪を砕いて蹄鉄《ていてつ》が石畳にカツカツと音を響かせる。それに誰も彼もが、ひっきりなしにぶつかり合っている。ああ、それにしてもお腹が空いた。何かパンの欠片《かけら》でもいいから食べたいなあ。それに手の指がやけに痛くなってきた。すぐ傍を警官が通り過ぎたが、少年には気づかぬ振りをして顔をそむけた。

ほら、また通りだ――。ああ、なんて広い通りなんだろう！　ここにいたら、きっと圧《お》し潰されちゃうぞ。誰も彼もが大声を張り上げて、走ったり、馬車を飛ばしたり。それに明るいこと、明るいこと！　あ、あれは何だろう？　ああ、なんて大きなガラス窓なんだ。そのガラス窓の向こうには部屋があり、そこには天井まで届くほどのツリーがある。あれは、クリスマスツリー（樅ノ木《ヨールカ》）だ。ツリーには、それはそれはたくさんの明かりや金紙やリンゴが飾ってあるし、木のすぐ足元には、人形だの小さな馬だのがぐるりと並べてある。部屋の中では子供たちが駆け回っている。こざっぱりと綺麗に着飾った子供たちが笑ったり遊んだり、何か食べたり飲んだりしているのだ。

ほら、そこの女の子が男の子とダンスを始めたぞ。なんて可愛い子なんだろう！ それに音楽も窓越しに聞こえてくる。男の子は、ただもうびっくりしてジッとみつめたまま、もう微笑《ほほえ》みさえ浮かべているが、今では足の指先までが痛みだし、手の指ときたらすっかり赤くなってしまい、ちょっとでも動かすと痛くて、もう折り曲げられないくらいだ。

男の子は、こんなに指が痛かったことを急に思い出すと、泣きながら先へ駆け出したが、またもや別のガラス窓越しに部屋が目に入った。そこにもツリーが立っているのはさっきと同じだけれど、今度はテーブルの上にパイが並んでいる。バラ色のだの赤いのだの黄色のだの、ありとあらゆるパイだ。そして、そこには四人のお金持ちの奥様が座っていて、誰かがやって来ると、パイを差し出す。扉がひっきりなしに開いては、通りから大勢のお客が入って来る。男の子は、そっと忍びより、不意に扉を開けると、中に入り込んだ。さあ大変、どれだけひどく怒鳴りつけられ、追っ払われたことか！ 奥様のうちの一人が、さっと駆け寄ると、男の子の手に一コペイカ玉を突っ込むが早いか、扉を開けて通りに追い出した。ああ、びっくりした！ 一コペイカ玉はすぐさま転がり落ちてしまい、チャリンチャリンと階段で音を立てた。真っ赤になった指を折り曲げて握っていることができなかったのだ。男の子は夢中で飛び出し、一刻も早くと思って駆け出したが、どこへ向かっているのかは、自分でもわからない。また泣きたくなってきたし、それに今はもう恐ろしくて、ただ走りに走っては、ちっちゃな両手に息を吹きかけている。その上、急に胸が締めつけられる思いに捉《とら》われた。自分がひどく孤独で、薄気味悪いような気になったからだ。ところが突然、あ

あ、なんてことだ！

これはまたいったい、何なんだろう？　人が大勢群れをなして、呆気《あっけ》にとられて立ち並んでいる。ガラス窓の向こうには、人形が三つ、どれも小さくて、赤と緑の服でめかしこんでいるのだが、そりゃあもう、まるで本当に生きているみたい！　お爺さんの人形は腰かけて、大きなバイオリンみたいなものを弾いており、あとの二人はその場で立ったまままちっちゃなバイオリンを弾いているようだ。三人とも拍子に合わせて首を振っては互いに見つめ合い、唇は微《かす》かに動いて話をしている。本当に喋《しゃべ》っているのだ。ただし、ガラス窓越しだから音は聞こえないけれど。男の子は、最初は、これは生きているんだと思ったが、いや、人形なんだとハッキリわかると、急に笑い出した。こんな人形は一度も見たことがないし、こんなのがあるなんて、全然知らな

かった！　それで、泣きたいことは泣きたいのだが、人形を見ていると可笑《おか》しくて可笑しくてたまらない。と、突然、後ろから誰かに上っ張りを引っ摑《つか》まれたのに気づいた――。大きな意地の悪い少年が、すぐ傍に立っていて、いきなりこちらの頭をぶん殴り、被《かぶ》っていたキャップを吹っ飛ばすが早いか、下からどんと蹴り上げたのだ。男の子は地べたにすっ転がり、周りで悲鳴が上がった。男の子は呆気にとられてしばし呆然《ぼうぜん》としていたが、パッと立ち上がると、とにかく走りに走って、思いがけず自分でもどこともわからぬままに、門の下の隙間《すきま》から、よその家の中庭に駆け込んだ――そして薪《まき》の山の後ろに腰を下ろした。「ここならみつからないや、それにここは暗いし」

腰を下ろして、身を縮めて丸まっても、恐怖のあまりなかなか息が静まらない。すると突然、本当に突如として、ものすごく気持ちが良くなった。ちっちゃな手も足も不意に痛みが消えて、それはそれは暖かく、まるで暖炉の上にいるみたいなのだ。男の子は全身をぶるっと震わせた――。ああ、僕は寝込んじゃうところだったんだ！　ここで眠ってしまえば、どんなに気持ちがいいだろう。《ここでしばらくジッとしていて、それからまた、あの人形を見に行こう》そう考えると、人形のことを思い出して、にっこりした。《本当にまるで生きているみたいだものな》すると急に、頭の上

で、母ちゃんが歌を唄うのが聞こえた。《母ちゃん、僕、眠ってるんだ。ああ、ここで眠るのはなんて気持ちがいいんだろう！》

「私の樅ノ木祭りに一緒に行こうね、坊や」上の方で、不意に静かな声が囁《ささや》いた。男の子は、これはすべて、母親の声なのかと思っていたが、違う、母親ではないのだ。ではいったい誰が彼に呼びかけたのか——姿は見えないけれど、誰かが彼の上に屈《かが》みこんで、暗がりの中で抱き上げ、男の子はそちらに手を差し伸べた。すると……突然——ああ、なんという光だろう！　なんてすごいクリスマスツリーなんだ！　いや、これはクリスマスツリーなんてもんじゃない。こんなツリーなんて、今まで一度も見たことがなかった！　今ここはどこなのか——何もかもが光り輝き、周りじゅう人形だらけだ——。いや、違う。これは皆、少年少女なのだ。ただし皆、ものすごく明るく光っていて、それが皆で男の子の周りを飛び回っている。皆が彼にキスをし、手を取り、一緒に連れて行こうとしている。そう、彼自身も飛んでいるのだ。そして、母親が自分を見て嬉しそうに笑いかけているのが見える。

「母ちゃん、母ちゃん！　ああ、ここはなんて素敵なんだろう、母ちゃん！」男の子は、母親にそう叫ぶと、またもや子供たちとキスを交わし、皆にあのガラス窓の向こうにいる人形たちについて、なるべく早く話したくてたまらなくなった。「ねえ、君たちは誰なの？　女の子たちも、どこの子？」男の子は、周りの子たちに笑いかけ、愛《いと》しく思いながら問いかける。

「これはね、『キリスト様の樅ノ木祭り』なんだよ」皆が答える。「キリスト様のところでは、いつもこの日に、あっちでは自分のクリスマスツリーのない小さな子供たちのために樅ノ木祭りがあるんだ……」それで男の子は、ここにいる少年少女たちは皆、自分と同じような子供たちなのだと気がついた。ただし、ある子供たちは、まだ赤ん坊の頃、ペテルブルグの官吏の家の戸口の階段に籠《かご》に入れて捨てられたまま凍え死に、また別の子たちは、養育院のフィンランド女に授乳されている最中に窒息死し、三番目の子たちは、自分の母の干からびた乳房の下で餓死したのだ（サマーラ県の飢饉のときに）。四番目の子たちは、三等車の車輛で、悪臭のあまり窒息死した――。そういう子たちが全員、今ここに揃《そろ》い、皆がまるで天使のようにキリスト様のもとにいるのだ。そしてキリスト様自身もその子たちの真ん中で、彼らに両手を差し伸べ、子供たちや罪深い母親たちに祝福を与えている……。この子たちの母親は、全員その場の少し脇の方に立って泣いていた。どの母親も、自分の息子や娘の姿を認め、子供たちも母親のもとに飛んで行っては、キスをし、小さな手で母の涙を拭いてやり、ねえお願いだから泣かないで、僕たちここで、こんなに幸せなんだからと、頼みこんでいる……。

一方、下界では翌朝、屋敷番たちが、薪の山の裏側に駆け込みそこで凍え死んだ男の子の小さな亡骸《なきがら》をみつけた。少年の母親もみつけ出された。母親は、息子よりも早く死んでいた。二人とも、天の主なる神様のもとで再会できたのだ。

それにしてもいったいどうして、私はこんな物語を創りあげてしまったのだろう？普通の理性的な日記に、しかも作家の日記に、これほど相応《ふさわ》しくない物語を。しかも主に現実の出来事についての話を書くと約束していたのに！　しかし、まさにそこが問題なのである。今話したことすべては、現実に起こり得たことのような気がしてならないのだ――つまり、地下室や薪の山の裏で起きたことだ……。あちらの、キリストの樅ノ木祭りについてはそんなことが起こり得たのかどうか？――これはもう、どう説明したらいいかわからない。根も葉もないことを創りあげるためにこそ、私はフィクションを書く小説家《ロマン書き》なのだから。

百姓のマレイ

しかし、こうした professions de foi[1] の類《たぐい》を読まされるのは非常に退屈だろうと思う。そこで小話《アネクドート》を一つ、いや、小話なんてものでさえない、ちょっとした話をしよう。そう、単なる遠い昔のある思い出を、なぜかまさに今ここで、民衆《ナロード》論の締めくくりにぜひとも物語りたいのだ。その当時、私はたった九歳だった……いや、そうではなく、私が二十九歳だった時のことから話を始めよう。

それは、復活大祭の二日目[2]のことだった。大気は暖かく、空は青く、陽は高く、《ぬくもり》があり、明るかったが、私の心はたいそう暗かった。獄舎が並ぶ裏路《うらみち》をあてもなく歩きながら、堅牢な防塞用の柵の鋭い杭を一本一本みつめていたが、その杭の数を数える気にもなれなかった。いつもは数えるのが癖になっていたのだが。牢獄での《お祭り騒ぎ》もすでに二日目であり、囚人たちは労役に出されることもなかったので、酔っ払いが大勢おり、たちまち至るところで、罵《のの》り合いや喧嘩が始まっていた。下卑た嫌悪を催す歌だの、板寝床の下でこっそり行われるカード賭博だの、何人かの男は、特にひどい乱暴狼藉《ろうぜき》を働いたかどで、仲間内のリンチで半殺しの目に遭い、叩きのめされて、意識を取り戻すまで毛皮外套にくるまって板寝床にぶっ倒れていたし、すでに何度か刃傷沙汰《にんじょうざた》もあり、こうしたことすべてのせいで、私は祭日の二日目にして早くも、病的なほど、神経がズタズタになっていた。私はそもそも民衆の盛大な酒盛りやどんちゃん騒ぎが嫌いで、耐えられなかったのだが、あのときあの場では特にそうだった。こういう数日は、看守でさえ監獄を覗《のぞ》いてみようともせず、捜査を行って酒を見つけ出そうなどという気は毛頭なかった。このならず者たちも一年に一度ぐらいは好きなように遊ばせてやらねばならない、さもなければ、もっとひどいことになるとわかっていたからだ。とうとう私は、心の内に敵意がむらむらと燃え上がった。ちょうどポーランド人の政治犯のM…ツキー[3]に出会ったら、彼は陰鬱《いんうつ》な目つきでちらりと私を睨《にら》みつけると、唇を震わせた。《Je hais

1　「信仰告白」という意味のフランス語。
2　一八五一年四月九日のことと考えられる。
3　革命家アレクサンドル・ミレツキー。このポーランド人については『死の家の記録』の中でも何度も言及されている。

ces brigands!》[4]と、小声で歯ぎしりするように私に言って、すっと脇を通り過ぎた。

私は監獄の建物の中に戻った。ほんの十五分前に、半狂乱になってそこから逃げ出したばかりなのに——。屈強な六人の男が一斉に、酔っ払って暴れ狂っているタタール人のガージンにとびかかり、ガージンを抑えこむために打ちのめしにかかったからだ……。その殴り方たるや無茶苦茶で、あんなに殴られたらラクダだって死んでしまうかもしれないほどだった。けれども連中は、このヘラクレスは滅多なことで殺せやしないことを知っていたから、容赦なく殴りつけたのだ。今、戻ってみると、すでに気を失い、ほとんど生きている気配もないガージンが片隅の板寝床に転がっているのに気づいた。毛皮の長外套にくるまって寝転がっているガージンを、誰もが無言で避《よ》けていた。皆、明日の朝まではきっと意識を取り戻すだろうと期待をかけていたが、「あれだけぶん殴られたら、ひょっとしたら死んじまうかもしれない」とも思っていた。

私は鉄格子のはまった窓に面した自分の居場所にそっと戻ると、仰向《あおむ》けに横たわり、両手を後頭部に当てて目を閉じた。私はこうして寝ているのが好きだった。眠っている者には誰もうるさくからんでこないし、それに、こうしていれば、色々と空想したり考え事もできるからだ。ところが、空想に耽《ふけ》ることはできなかった。心臓が落ち着きなくドキドキし、M…ツキーの「この強盗どもが嫌でたまらない！」という言葉が耳の中で鳴り響いていた。とは言え、こんな印象を書き連ねてもしかたないことだ。私はいまだにあの頃のことをときどき夢に見るのだが、これほど苦しい夢はない。今日に至るまで、私が自分の徒刑生活については、ほとんど一度も文章の中で語ろうとしないことに気づく人も、いるだろう。たしかに『死の家の記録』は、十五年前に書いたが、自分の妻を殺したという架空の徒刑囚を語り手にしている。ついでながら、細かいことを書き加えると、そのとき以来、私は妻殺しの罪で流刑になったのだと大部分の人たちから思われ、いまだにそう確信している人たちさえいるのである。

そのうちに私は少しずつ本当に現実を忘れ、知らず識《し》らずのうちに思い出に浸っていた。徒刑の四年の年月を過ごした間、私は絶えず自分の過去を何から何まで思い出し、どうやらそうして思い出に耽るうちに自身の過去の人生をすべてもう一度生き直したようだ。そうした思い出はひとりでに浮かび上がってくるものであり、私が自分の意志で記憶を呼び覚ましたことは滅多になかった。何かの一点、一本の線、それも

4 「この強盗どもが嫌でたまらない」という意味のフランス語。

どうかすると本当に目立たないちょっとしたものから始まり、やがてそれが少しずつ大きくなり、立派な一枚の絵に、強烈な完璧な印象に仕上がっていった。私はこれらの印象を分析し、とうの昔に体験したことに、新たな特徴を描き加え、重要なのは、その体験を訂正していったことである。絶えず訂正を加えること——それが私にとって唯一の気晴らしだった。

このとき、なぜか不意に思い浮かんだのは、まだ私がたった九歳のほんの子供だった頃の、束《つか》の間の出来事——たぶん、自分でもすっかり忘れてしまっていたことだった。しかしその頃の私は、ほんの小さな子供時代のことを思い出すのが、とりわけ好きだったのだ。私が思い出したのは、うちの領地での八月のことだ。からりと晴れた日だが風があって少し肌寒かった。夏ももう終わりで、もうすぐモスクワに帰って、一冬じゅうフランス語の退屈な勉強をしなければならないと思うと、村を立ち去るのが残念でたまらなかった。私は脱穀場の裏へ抜けて、窪地に下りてからロスクに登った。窪地の向こう側で林が始まる辺りまでびっしり生えている灌木の茂みを、私たちはロスクと呼んでいたのだ。

そして、茂みの奥深くにもぐり込んでいくと、すぐ傍《そば》の、三十歩ばかり離れた林の中の草地で、百姓が一人で土地を耕しているのに気づいた。男は、急勾配の登り坂を耕しており、馬が難渋しているのは、私にもわかった。こちらまで時折、男の「おーら、おーら！」という活を入れる声が聞こえてきたからだ。うちの百姓たちのことは、ほぼ全員知っていたが、今耕しているのが誰なのかはわからなかったし、そんなことはどうでもよかった。私は私で自分の仕事に没頭しており、忙しかったのだ。蛙をひっぱたく鞭を作ろうと、ハシバミの枝を折り取っていたからだ。ハシバミで作る鞭は、白樺《しらかば》製の鞭の比ではない。ずっと美しく、また脆《もろ》いものだ。私はコガネムシやカブトムシにも夢中で、昆虫採集をしていた。実にきらびやかな虫がいるのだ。小さくてすばしっこい、赤みがかった黄色の地に黒い斑点のあるトカゲも好きだったが、蛇は怖かった。もっとも蛇に出くわすことは、トカゲに比べれば滅多にない。茸《きのこ》はここにはあまりなかった。茸狩りをするには白樺林の中に入っていかねばならず、私はそのつもりだった。そして私がこの世で何よりも好きなのが、茸や野苺や昆虫や小鳥、ハリネズミやリスのいる森、私の大好きな腐葉土の湿った匂いのたちこめる森なのである。こうしてこれを書いている今も、私たちの村の白樺林の匂いがしきりに鼻をくすぐる。こうした印象は一生心に残るものだ。

不意に深いしじまを破り、叫び声がハッキリと聞こえた。「狼が来るぞ!」。私は悲鳴をあげると、驚愕《きょうがく》のあまり我を忘れて、あらん限りの声で喚《わめ》きながら、草地で地面を耕している百姓の方へ、まっしぐらに跳び出していった。

それは、うちの百姓のマレイだった。そんな名前があるのかどうか知らないが、皆がマレイと呼んでいた。五十がらみのがっしりとした体格の、かなり背の高い男で、少し黒みがかった亜麻色の幅広い顎鬚《あごひげ》は、ところどころに白髪がシッカリ混じってい た。この男のことは知っていたが、それまではほとんど話す機会がなかった。男は私の悲鳴を聞きつけて、雌馬まで止めた。私が夢中で走って行くなり、片手で男の犂《すき》を掴《つか》み、もう一方の手で男の袖口にしがみついたので、私の驚愕ぶりをわかってくれたのだ。

「狼が来るんだよ!」私は息も絶え絶えに叫んだ。

マレイは、頭をさっと上げ、一瞬私の言ったことをほとんど信じこんで、思わず辺りを見回した。

「どこに狼がいるんだね?」

「叫び声がしたんだよ……。誰かがたった今、『狼が来るぞ』って叫んだんだ……」

私はもごもごと呟《つぶや》いた。「そんな、とんでもねえこった！　どうして狼なんか、そりゃきっと空耳だ。なあ。狼なんぞいるはずがねえさ！」マレイは、私を勇気づけるようにそう言った。しかし私は、全身をぶるぶる震わせて、いっそうぎゅっとマレイの上着にしがみつくばかりで、おそらく顔も真っ蒼だったに違いない。マレイは、そんな私をはらはらしながらも、微笑《ほほえ》みを浮かべてじっとみつめた。たぶん私のことを心配して気を揉《も》んでいたのだろう。

「そりゃあ、おったまげたんだな、大変なこった！」と彼は頭を振った。「もう大丈夫だ、坊や。可哀相になあ！」

彼は手を差し出し、不意に私の頬を撫《な》でてくれた。

「さあもう心配はいらねえよ。キリスト様がついていなさるからな。十字を切りな」。しかし私は十字も切らずに、唇をわなわなと震わせていた。マレイはこれには格別に驚いたらしい。土で汚れた黒い爪の太い指をそっと差し伸べると、ぶるぶる震えている私の唇に静かに触れた。

「いやはや、なんてこった」マレイは何かしら母性的なゆったりとした微笑みを浮かべていた。「ああまったく、とんだ目に遭ったもんだな。やれやれ！」

私はようやく、狼なんかいないし、「狼が来るぞ」という叫び声は空耳だったことを悟った。もっともこの叫び声はたいそう明瞭でハッキリしていたのだが、こうした叫び声が（狼についてばかりではない）私にはすでに一、二度聞こえたことがあり、それについてはよく知っていた。（やがて、幼年時代とともにこうした幻覚幻聴は消え去った。）

「じゃあ僕、もう行くからね」と私は訊《たず》ねるように、おずおずとマレイの顔を見上げながら言った。

「さあ行きなされ。わしが後ろから見ていてあげるで。狼なんぞに、来させるもんか！」と、相変わらず母のごとき微笑みを浮かべながら言い足した。「キリスト様が一緒にいてくださるでな。さあ行きなされ」。そして、私に向かって手で十字を切ってくれ、自分も十字を切った。私は歩き出したが、ほとんど十歩毎に後ろを振り返った。マレイは、私が歩いている間じゅうずっと雌馬と一緒に立ったまま、私を見送って、私が振り返る度に、私に頷《うなず》いてくれた。実は、自分があんなに怖気《おじけ》づいたことがマレイの手前、私は少し恥ずかしかったのだが、窪地の斜面を登り、最初の穀物乾燥小屋にたどり着くまでは、やはり歩いていても狼のことが怖くてたまらなかった。そこまで来ると、ようやく恐怖はすっかり消え去った。そして突然どこからともなく我が家の番犬のヴォルチョークが私をめがけて走って来た。ヴォルチョークがいてくれるなら、もう私は勇気百倍だ。マレイの方をもう一度最後に振り返った。彼の顔はもはやハッキリとは見分けられなかったが、相変わらずさっきと同じように私に優しく微笑みかけ、頷いてみせてくれるように感じた。私は彼に手を振り、彼も私に手を振ると、馬を駆り立てた。

「おーら、おーら！」再び彼の叫び声が遠方で聞こえ、雌馬は犂を引きはじめた。

こうしたことすべてを一気に、なぜか知らないが、驚くほど正確に、実に細かいことまで思い出したのだ。私は不意に我に返り、板寝床の上に起き直って腰かけたが、自分の顔にはまだ思い出をかみしめる静かな微笑みが浮かんでいたのを憶えている。もうしばらく思い出をたどり続けることにした。

そのとき、マレイと別れて家に帰ってから、私は自分の《冒険》について誰にも話さなかった。それにあれが冒険などと言えるだろうか？　そしてマレイのことは、当時の私はすぐに忘れてしまった。その後たまにマレイと出会っても、私は一度も彼と話すことさえなかった。狼のことのみならず、他の何についても話したことはない。それが不意に、今、二十年もたったシベリアで、あの出会いについて何から何までハッキリと、事細かに克明に思い出したのだ。つまり、それは私の心の中でひっそりと、私の意志とは無関係に勝手にうずくまっていたもので、それが不意に必要な時に思い出されたというわけだ。

貧しい農奴のあの優しい母のごとき微笑、彼の切ってくれた十字、「そりゃあ、おったまげたんだな、可哀相になあ！」と言いながら頭を振ったこと。そしてわけても、土で汚れたあの太い指で静かにそっと優しく私の震える唇に触れたことが、いま蘇《よみがえ》ったのだ。むろん、誰でも子供を励ますことはあるだろう。しかし、あの時の二人きりの出会いの中で起こったのは、いわば何かまるきり別のことだった。もし仮に私がマレイの実の子だったとしても、マレイはあれほど明るい愛情に輝く眼差《まなざ》しでみつめることはできなかったのではなかろうか。しかも誰に強制されたわけでもないのだ。

たしかにマレイはうちの私有農奴で、私は旦那の坊ちゃんではあった。だが、マレイがいかに優しくしようと、誰もそれに気づいて褒美を与えてくれるはずもなかった。

ひょっとすると、小さな子供が大好きな男だったのだろうか？　そういう人もたしかにいる。それにしてもあの出会いは、他に誰もいない野原での二人きりのものだったのだから、粗野で野獣のように無知なロシアの農奴、しかも当時は自身の自由など、まだまったく期待も予想もできなかった農奴の[5]、あの者の心が、どれほど深い教養溢《あふ》れる人間味豊かな感情と、繊細でほとんど女性的とも言うべき優しさに満ちていたかを、おそらく天上からご覧になっていたのは、神様だけだっただろう。コンスタンチン・アクサーコフが、我が国の民衆の高い教養について語ったとき意味していたのは、このことではないだろうか？

そして板寝床から下りて辺りを見回すと、今でも憶えているのだが、私はあの不幸な連中をまったく違う目で見ることができ、私の心にあったあらゆる憎悪や敵意が奇跡のようにすっかり消え失《う》せてしまったことに急に気づいた。私は歩き出し、出会う人々の顔をじっと見つめた。

この髪を剃《そ》られて顔に烙印を押され、汚名を着せられた百姓男、酔っ払ってしわが

5　ロシアの農奴解放は、一八六一年である。

れ声で歌をがなり立てている男も、もしかしたらまさにあのマレイと同じなのかもしれないではないか。彼の心の中を覗いて見ることはできないのだから。その晩、私は再びM…ツキーに出会った。不幸な男だ！　彼にはいかなるマレイとの出会いもあり得ないし、こうした男たちに対して《この強盗どもが嫌でたまらない！》の他に、いかなる見解も持ち得ないのだ。たしかにあのポーランド人たちは、当時、我々よりずっと多くの苦しみを耐え忍んでいたのである。

おかしな人間の夢——幻想的《ファンタスティック》な物語

I

私は、おかしな人間だ。連中は今では私のことを気が変だと言っている。連中にとって、私が依然としておかしな人間のまま、というわけではないのだとしたら、それはむしろ、格が上がったようなものじゃないか。しかし今ではもう、私はいちいち怒ったりはしない。今では、連中は私にとっては、誰もが可愛らしい存在で、私を嘲《あざ》笑《わら》っているときでさえ――そんなときはなんだかことさら愛《いと》しいように思えるほどだ。自分も連中と一緒になって笑いたいぐらいなのだ――いや、自分を嘲笑するというわけではなく、連中が愛しくて堪《たま》らないからだ。ただし、連中を見ているうちに、あまり憂鬱《ゆううつ》にならなければの話だが。憂鬱になるのは、連中が真理を知らず、私は真理を知っているからだ。ああ、真理をただ一人知っているというのは、なんと辛《つら》いことだろう！　しかし連中にはこんなことはわからない。決してわかりっこないのだ。

以前は、自分がおかしな人間に見えることに大いに不安を感じて塞《ふさ》ぎ込んだものだ。ただそんなふうに見えただけではない。たしかにおかしかったのだ。私はいつもおかしな人間であったし、それを、ひょっとすると生まれたときから自分でも知っていたのかもしれない。すでに七歳の頃から、自分がおかしな人間であることを、たぶん自覚していたと思う。やがて学校に入り、さらに大学にも進み、それでどうなったか——学べば学ぶほど、自分がおかしな人間であることをさらに自覚するようになった。というわけで、私にとっての大学での学問とは、とどのつまり、学問に深く打ちこむにつれて次第に自分がおかしな人間であることを証明し、説明してくれるためだけに存在していたようなものだった。

学問と同じことが、人生においても起こっていた。年を追うごとに、自分があらゆる点で滑稽な姿をさらしているという同じ自覚が、自身の中でますます増大し、強固なものとなっていった。私はいつも皆に嘲笑されていた。しかし、私が滑稽であることを一番よく知っている人間がこの世にいるとしたら、それは他ならぬ私自身なのだということは、連中の誰一人として、知らないし思いつく者もいなかった。連中がこのことを理解できていないことこそが、何にも増して腹立たしかったのだが、この点については、私自身が悪かったのだ。あまりにもプライドが高すぎて、どんなことがあっても決して誰にもそのことを打ち明けなかったからである。

私のプライドたるや、年々肥大し続け、仮に私がひょんなことで、誰であれ他人に、自分がおかしな人間であることを打ち明けてしまったなら、すぐさま、その晩のうちに、私はピストルで頭を粉々に撃ち砕いていただろう。ああ、少年時代、我慢しきれず不意に何かの拍子に友人たちに打ち明けてしまうのではないかと、どれほど悩み苦しんだことか。ところが、青年になると、自身の凄《すさ》まじく嫌な資質に関しては、年々ますます強く自覚するようになったものの、なぜか少し気分が落ち着いてきた。まさになぜか、なのだ。というのも、今に至るまで、自分でもなぜなのか、その理由がわからないからだ。ひょっとすると、ある事態ゆえに、私の心の中に恐ろしいほどの塞ぎの虫がむくむくと成長していたからかもしれない。この事態というものは、もはや私の全身を遥かに超えた巨大な存在であった。それは——私の全身に取り憑《つ》いたある確信——この世の何もかもは、どうでもいいことばかりだ、と確信するに至ったということに他ならない。

私はかなり昔からこのことを予感していたのだが、完全な確信となったのは去年のことで、何か忽然として現れたのである。私は突然、世界が存在しようと、どこにも何一つなかろうと、どちらでも同じことだ、という気がした。私は、自分の人生には何一つなかったことを全身全霊で感じ取ったのだ。初めのうちは、その代わり、昔は多くのことがあったような気がしていたが、やがて昔もやはり何一つなく、ただなぜかあったような気がしていただけだということに気づいた。そして今後もいつまでたっても何一つないだろうということも、少しずつ確信するに至った。すると、不意に、他人に対して腹が立たなくなり、それどころか、他人の存在がほとんど目に入らなくなってしまった。たしかに、ごく些細な取るに足らぬことにさえ、このことが現れていた。たとえば、通りを歩いていると、よく人にぶつかるのだ。もの想いに耽っていたからというわけでもない。考え事など、何一つなかったからだ。当時の私は、ものを考えることは一切やめてしまっていた。私にとっては、何もかもが、どうでもよかったのだから。すべての疑問を解決してしまったのなら結構なことなのだが、解決した疑問など、一つもなかった。いや、どれほど多くの疑問があったことだろう？しかし私は、何もかもがどうでもよくなり、あらゆる疑問は消えてしまったのだ。

そして、こんなふうになった後に、私は真理を知ったのだ。私が真理を知ったのは、去年の十一月、まさに十一月三日のことで、そのときから、私は、一瞬一瞬を克明に憶えている。それは、実に陰鬱な、これ以上陰鬱な時はない、というような晩であった。夜の十時過ぎに家に帰る途中で、これほど陰鬱な夜はないな、と思ったのを憶えている。それは気分の問題ばかりではない。天候さえも陰鬱そのものだった。その日は、一日じゅう、雨が降っていたのだが、たいそう冷たい陰々滅々たる雨で、ちょっと人を威嚇するような、明らかに人々に敵意を抱いてさえいる雨だったのを憶えている。それが突然、十時過ぎにやんだかと思うと、恐ろしいほどの湿気が立ちこめはじめた。それは、雨が降っていたときよりもさらにジメジメとした冷たい湿気で、あらゆるものから、通りの石の一つ一つからも、またその通りから横町を覗《のぞ》いてなるべく遠くの奥の奥を覗き込んでみると、そこからも、何か蒸気のようなものが、もやもやと立ち昇っていた。不意に、こんな考えが浮かんだ。もしガス灯が全部消えてしまったなら、いっそ気が楽になるだろうに、と。ガス灯がついていると、ますます気が重くなる。というのも、ガス灯がすべてを照らし出すからだ。

その日、私はろくに食事も取らず、まだ宵の口から、ある技師のところに居座っていた。私の他に、もう二人、彼の友人もいた。私は終始黙り込んでいたから、さぞや連中をうんざりさせたことだろう。連中は、何やら挑発的な話題で盛り上がり、急にかっと熱くなることさえあった。しかし、連中だって、実はどうでもよかったのだ。私にはそれがわかっていた。連中が熱くなってみせるのは、ただなんとなくなのだ。私は不意に、そのことを連中に言ってやった。「なあ諸君、諸君だって、どっちでもいいんだろう」連中は腹を立てたりはしなかったが、皆で私のことを嘲笑した。これは、私が少しも非難がましい口調で言わなかったためであり、ただひたすら、どうでもいいという調子だったからである。連中も、私がどうでもいいと思っていることがわかり、愉快になったのだ。

通りでガス灯のことを考えたとき、私はふと空を見上げた。空はひどく暗かったが、千切れ雲と、その雲の合間に斑《まだら》にみえる底なしの黒い天空は、ハッキリと見分けることができた。不意に私は、その斑に覗きみえる黒い天空の中に、小さな星が一つあるのに気づき、じっとそれをみつめはじめた。その小さな星が、私にあるヒントを与えてくれたからだ。

私は、今晩、自殺することにした。自殺すると固く心に決めたのは、もうふた月も前のことで、貧乏なくせに立派なピストルを買い込み、その日のうちに弾丸を込めていた。ところがもうふた月もたつのに、ピストルは相変わらず引き出しに仕舞ったままだった。私はあまりにも、何もかもがどうでもよかったので、ついに、少しはそれほどどうでもいい、というわけでもない瞬間が訪れるのを待ってみたいという気になっていたからだ。いったい何のためにか——それはわからない。かくして、この二か月間というもの、私は毎晩、家に帰る道々、自殺しようとそればかり考えて、ずっとその瞬間を待ち受けていた。そしてまさに今、あの小さな星が、私にヒントを与えてくれたので、私は必ず今晩やろうと決心したのだ。なぜあの星がヒントを与えてくれたのか——それはわからない。

そして私が空をみつめていると、突然、私の肘《ひじ》を掴《つか》んだのが、あの小さな女の子だった。通りはすでにがらんとしており、ほとんど人気《ひとけ》もない。遠くの屋根なし馬車の上で、客待ちの御者が一人、眠っているばかりだ。女の子は、年の頃は八歳ぐらい。スカーフをかぶり、ワンピースしか着ておらず、全身ずぶ濡れだ。けれども私が特に忘れられないのは、グショグショに濡れた破れかけの彼女の靴で、あれだけは今でも憶えている。あの靴は特に目に焼き付いている。女の子は急に私の肘を引っ張ると、声をかけてきた。泣いてはいなかったが、何かの言葉を途切れ途切れに叫んでいる。しかし、その言葉をうまく発音できないのだ。悪寒《おかん》で全身がぶるぶる震えているからだ。何かの恐怖に駆られ、絶望的な叫び声をあげている。「母ちゃん！　母ちゃん！」と。私はよほど女の子の方に顔を向けようかと思ったのだが、結局、一言も話しかけず、そのまま歩き続けた。ところが女の子は、走って追いかけてきて、私を引っ張っては、何か言うその叫び声は、ひどくおびえた子供の絶望を表していた。

私はこういう叫び声を知っている。女の子は言葉に出してハッキリは言わなかったが、私にはわかった。母親が、どこかで死にかけているか、さもなければ何かが二人の身の上に起きて、女の子は誰かを呼ぼう、母親を助けてもらうために何とかしようと、飛び出してきたのだ。それなのに、私は彼女について行ってやることもせず、それどころか、突如、追っ払ってやろうという気さえ起こした。初めは、お巡りさんを探しなさい、と言ったりした。ところが女の子は不意に、小さな手を祈るように組むと、啜《すす》り泣き、息を切らせながら、ずっと私の横を走り続け、なかなか諦めずに、私の傍を離れようとしない。そこで私は、ドンと、足を踏み鳴らし、怒鳴りつけてやった。女の子はただ「旦那さん、旦那さん！……」と泣き叫ぶばかりだった——しかし、突然私を置き去りにすると、まっしぐらに通りを駆けて渡った。そこにも通行人がいたらしく、どうやら女の子は私を諦めて、その男に向かって駆け出したらしい。

私は、自分の住んでいる五階に上《あが》っていった。家主に部屋を借りているのだ。他にも下宿人がいて、我々には皆、宿屋のようにそれぞれの部屋がある。私の部屋はみすぼらしくてちっぽけで、窓も屋根裏部屋によくあるような半円形の小さなものだ。防水布張りの長椅子に、本が数冊のった机、椅子が二つに、座り心地のいい肘掛椅子が一つ、これはオンボロだが、その代わり、背もたれの高いゆったりしたものだ。私は腰を下ろし、蠟燭《ろうそく》に火を灯《とも》すと、考えはじめた。

衝立《ついたて》越しの隣の部屋では、相変わらずのどんちゃん騒ぎが続いていた。それはもう一昨日からなのだ。隣の部屋の住人は退役大尉で、そこに客が、実にくだらない連中が六人集まって、ウォトカを飲みながら賭けトランプをしている。昨日の深夜はつかみ合いの喧嘩があり、連中のうちの二人が長いこと互いに髪の毛を引っつかんでいたのを、私は知っている。女主人《おかみ》は文句を言いたかったのだが、大尉のことをやけに怖れているのだ。この家の他の下宿人と言えば、小柄な痩《や》せた婦人で、地方の連隊将校の未亡人の一家がいるだけだ。三人の小さな子供を抱えてこの町へやってきたのだが、三人とも、ここの部屋に住むようになってから病気になってしまった。婦人も子供たちも、例の大尉のことを失神でもしかねぬほど怖がっており、一晩じゅうぶるぶる震えどおしで十字を切り続けている。一番下の子など、恐怖のあまり、何かの発作を起こしたほどだ。

この大尉が、時たまネフスキー大通りで通行人を呼び止めては、物乞いをしていることを、私はしかと承知している。就職もできないような男なのだが、奇妙なことに（だからこそ、これを話しているのだが）、大尉が我々のところで暮らしはじめてからの丸ひと月間、私は彼のせいで苛々《いらいら》させられたことは、一度もなかった。むろん、彼とつき合うことなど、端《はな》からご免だったし、大尉自身も私と話したら、一遍で退屈してしまうだろう。それにしても、衝立の向こうで大尉がどんなに喚こうが、連中が何人いようが、私はいつだって、どうでもよかった。私は一晩じゅう起きているのだが、連中の騒ぎは耳に入らなかった――それほど、連中の存在なんぞ忘れてしまっていたのだ。

私は毎晩、夜明けまでまんじりともしない。そんな調子で、もはや一年たった。一晩じゅう机の傍の肘掛椅子に座ったきり、何をするでもないのだ。本を読むのは日中だけだ。座ったまま、何か考え事に集中するわけでもなく、ただそのまま、あれこれの考えがふらふらと彷徨《さまよ》い出ていくのを自由に任せていた。蠟燭は一晩のうちに一本燃え尽きてしまう。

私は、机の前に静かに腰を下ろし、ピストルを取り出して、自分の目の前に置いた。ピストルを置いたとき、「これでいいのか？」と自問したのを憶えている。「そうだ」と、極めて断固たる口調で自答した。つまり、自殺するということだ。もはや今晩のうちに、間違いなく私は自殺する。それまで机の前にまだどれぐらい座っているのか——それはわからなかった。そして、もしあの女の子さえ現れなかったなら、私は、むろん、自殺したはずなのだ。

Ⅱ

いや、たしかに、私は、何もかもがどうでもいいとは言え、たとえば痛みは感じたのだ。誰かに殴られたら、痛みは感じたはずだ。それは、精神的な面でも同じで、何か非常に気の毒なことでも起きれば、まだこの世の何もかもがどうでもいいというわけでもなかった頃と同様、憐れみを感じたはずなのだ。現にさっきも哀れに思って、必ずやあの子を助けてやるところだった。それなのに、いったいなぜ、あの女の子を助けなかったのか？　それは、あのときふと湧いたある考えのせいだ。あの子が私を引っ張って呼んでいたとき、不意にある疑問が目の前に浮かび、私はそれを解決できなかったからだ。その疑問は、つまらぬものだったが、私は腹を立てたのだ。

腹を立てたのは、次のような結論による。もし今晩、自殺するとすでに決めたからには、今は、他のいかなる時にも増して、この世の何もかもがどうでもよいはずではないか。いったいなぜ私は、不意にすべてがどうでもよいわけでもないと感じ、あの女の子を憐れんだのか？　本当に可哀相だと思ったのを憶えている。あの時の自身の情況からするとまったく信じられないほどの、奇妙な痛みさえ感じる憐憫《れんびん》であった。実際、あの時の自分が味わった束の間の感覚を、これ以上うまく伝えることはできないのだが、その感覚は家へ帰って机の前に座ったときもまだ続いていた。そして私は、もう長いこと経験したことのないような興奮を覚えたのだ。考えが次から次へと浮かんでくる。私が人間であり、まだ無ではないとするなら、無に帰するまでの間は生きているのであり、生きている限りは、苦しんだり、腹を立てたり、自身の振る舞いを恥じたりもできる——こうしたことがハッキリと頭に思い浮かんだのだ。それはそれで結構だ。ただし、私が、たとえば二時間後に自殺するのだとしたら、あの女の子が私に何の関係があるだろう。恥も、その他、この世のあらゆることも、私にとってはどうだってかまわないことじゃないか？　どうせ私は無に帰す、絶対的な無に帰すのだから。

　私がこれから完全に存在しなくなり、つまりは何一つなくなってしまうことを意識していれば、その意識が、あの女の子への憐憫の情だの、卑劣なことをしでかした後の羞恥心に、ほんの少しの影響も与えないなどということがあり得るだろうか？　なぜ私があの不幸な子供に対して足を踏み鳴らし、声を荒らげて怒鳴りつけたりしたかと言えば、《今は憐れみなど感じないどころか、たとえ非人間的な卑劣な行いをしたとしても、かまいやしない。どうせ二時間後には、何もかも消えてなくなってしまうのだから》という気があったからだ。だからこそ怒鳴りつけたりしたのだということを、諸君も信じてくれるだろう？　私は今やそれをほとんど確信している。今や人生も世界もいわば私次第でどうにでもなるということが明白になってきた。今では世界は私一人のために創られたのだと言うことさえできる。だから、私がピストル自殺してしまえば、世界はなくなってしまうのだ。少なくとも私にとっては。こんなことは言うまでもない話だが、ひょっとしたら、実際に私がいなくなったら、誰にとっても何一つなくなってしまい、私の意識が消えるやいなや、全世界が夢幻のごとく、私の意識の付属品に過ぎなかったかのように、消滅してしまうかもしれないのだ。なぜなら、ひょっとすると、全世界もすべての人々も、とどのつまり、私自身に過ぎないのかもしれないからだ。

憶えているのだが、座ったままあれこれ考えているうちに、私は次々とひしめき合うように湧き出すあらゆる新しい疑問を、およそ正反対の方向にひっくり返して、それこそまるきり新しい考えをでっち上げようとしていた。たとえば不意に実に奇妙な考えが思い浮かんだ。もし仮に私が以前、月か火星に住んでいて、そこで想像し得る最も破廉恥かつ不名誉なことをしでかし、そのために時々見る悪夢の中でしか体験したり、想像もできぬほどひどく非難され侮辱されたとする。そしてもしもその後、地球にやって来て、別の惑星で自身がしでかしたことを記憶し続けていたとして、しかももはやそこへは決して二度と戻ることはないと知っていたなら、地球から月を見上げても、私はやはりどうでもいいと思うかどうか？　私は別の惑星でしでかした行為に対して恥を感じるかどうか？　こうした疑問の数々は、どれも無意味で余計なものだった。なぜなら、ピストルはすでに私の目の前に置いてあり、私は、たしかにあれが実行されるのを自身の全存在で自覚していたからだ。ところがつまらぬ疑問の数々のせいで私は興奮してかっと熱くなってしまった。今や、前もって何かしら解決せずには、どうにも死ぬことができないような気がした。一言で言えば、あの女の子が私を救ってくれたわけだ。なぜなら、次々と湧いてくる疑問が、発砲を遠ざけてしまったからである。

そのうち、大尉のところも、静かになっていった。連中はトランプをやめて、寝支度を始めたが、しばらくはぶつぶつ不満を言ったり、気怠《けだる》げに罵り合ったりしていた。まさにこの時、私は、いまだかつて一度もなかったことなのだが、机の前の肘掛椅子に座ったまま、不意に眠り込んでしまった。自分でもまったく気づかぬうちに、眠りに落ちたのだ。

夢というのは、周知のごとく、甚《はなは》だ奇妙なものだ。あるところはひどく鮮明に、細部まで精巧に仕上がっているかと思うと、あるところはまるきり意識から抜け落ちたようにすっ飛ばして、たとえば空間も時間も飛び越えてしまう。たぶん、夢を誘導してゆくのは、理性ではなく願望であり、頭ではなく心なのだろう。とは言え、夢の中で私の理性は、どうかすると、実に巧妙な仕掛けを作ったりもするのだ！　それでも夢では、理性にはおよそ不可解なことが起きたりもする。たとえば私の兄は、五年前に亡くなっているのだが、時々夢の中で私は兄に会う。兄は私の仕事に参加し、我々二人はその仕事に大いに興味を持っている。それでいながら、私は、夢が続いている間じゅう、兄はもう亡くなっていて、埋葬も済んでいることも心得て、憶えているのだ。兄はすでに死んでいるのに、私の傍にいて、私と共に忙しく立ち働いていることを、私はどうして不思議に思わないのだろう？　なぜ私の理性は、これらすべてを許容してしまうのか？　しかし、それはもういい。

私の夢の話に入ろう。そう、あのとき、私はこんな夢を見たのだ。十一月三日の私の夢だ！　今や、そんなもの、所詮《しょせん》、単なる夢ではないか、とからかわれている。しかし、夢であろうがなかろうが、どちらでもいいじゃないか——夢が「真理」を告げ知らせてくれたのなら。ひとたび真理に気づいたなら、それこそが真理であり、眠っていようが、覚めていようが、他の真理など、もはやあり得ないことがわかるのだから。夢だってかまわないじゃないか。諸君がそれほど褒《ほ》め称《たた》えているこの生命の火を、私は自殺によって消そうとしたのだが、私の夢、そう、私の夢が、新たな偉大なる、更新された力強い生命を告げ知らせてくれたのだ！

では聞いてもらおう。

Ⅲ

私はさきほども言ったように、自分でも気づかぬうちに、いや、同じようなことをあれこれ考えているうちに、眠ってしまった。不意に私が夢見た光景は、次のようなものだ。私はピストルを手に取り、座ったままそれを心臓につきつけた——頭ではなく心臓にである。以前は、必ず頭を、それも右のこめかみをぶち抜いて死のうと決めていたのだが。胸にピストルを突きつけたまま、一、二秒待った。すると、目の前の蠟燭も机も壁も、急にぐらりと動いて、微《かす》かに揺れ始めた。私は慌てて、ズドンと発砲した。

夢の中では、高い所から落ちたり、さもなければ切りつけられたり殴られたりしても、決して痛みを感じないものだ。ただし、何かのはずみで自分で実際にベッドに身体をぶつけたりすれば、痛みを感じて、ほとんどいつもその痛みで目が覚めるのだが。今度の夢の場合もそうだった。私は痛みは感じなかったが、発砲と同時に私の中のすべてが震え出し、突然あらゆる光が消えて、私の周りはひどく暗くなってしまった。私は目も見えず耳も聞こえなくなったようで、そのまま何か固い物の上に仰向《あおむ》けに横たわり、何一つ見えず、ぴくりとも身動きできない。周りでは人々が歩き回ったり叫んだり――大尉は低音で怒鳴り、女主人《おかみ》は金切声をあげている。そして突然またすべてが中断したかと思うと、私はすでに蓋をした棺に入れられて運ばれてゆくところなのだ。そして、棺がぐらりと揺れるのを感じ、そのことを考えているうちに、不意に私は初めて、自分は死んだのだ、完全に死んでしまったのだという考えにぎくりとする。そのことはわかっているし、疑いもない。何も見えず、ぴくりとも動けないのだが、その一方、感覚はあるし、考え事もしている。しかしやがて私は、この状態にも慣れて、いつもの夢の中のように、現実を文句も言わずに受け容《い》れていた。

そして私は、地中に葬られ、皆は去って行き、一人になった。まるきりの一人ぼっちだ。私はぴくりともしない。まだこの世に生きていた頃、いつも想像していたのは、墓地に埋葬されてしまったら、まさに墓と結びつくたった一つの感覚といえば、湿気と冷気だろうということだった。そのとおり、今、私が感じたのは、とても寒い、特に足の指先が冷たいということであり、それ以外、何も感じなかった。

私は横たわったまま、奇妙なことに何を待っているわけでもなかった。死者には待つべきものなど何もないということを、文句なしに受け容れていたからだ。しかしそれにしても湿っぽい。どのぐらいの時間が経《た》ったのか――一時間か、数日か、それとももっと多くの日々なのか――それはわからない。ところが不意に、私の閉じた左目の上に、棺の蓋から滲《にじ》みでた水滴がぽたりと落ちた。一分後には二滴目が、もう一分後には三滴目が……という具合に、常に一分おきに落ちてくる。突如、私の心の奥底から激しい憤りが燃え上がり、私はさらにそこに肉体的な痛みも感じとった。《これは僕の傷なんだ》と、私は思った。《これは、僕が撃ったところで、弾丸がそこにあるんだ……》水滴は相変わらず、ちょうど私の閉じた目の上にぽたりぽたりと落ちてくる。そこで私は突然、私の身の上に起こっているこれらすべてのことを支配している者に、声ではなく、なぜなら私はまったく身動きできないのだから、自身の全存在でもって呼びかけた。

「汝《なんじ》が誰であれ、もし汝が存在するのであり、また今ここで起こっていることよりは良識のある何かが存在するのであるなら、ここにもそれがあるようにさせ給《たま》え。もしも汝が、私の無分別な自殺に対して、未来永劫、こうした無様《ぶざま》で馬鹿げた状態に私を置くことによって報復するつもりなら、いいか、知っておいてもらいたい。いかなる苦痛が私に襲いかかろうとも、それは、私が黙したまま感じ続ける侮辱に比べたら何でもないものだ。たとえその苦痛が何百万年続くにしても！」

私はこう呼びかけてから、黙りこんだ。ほとんど丸々一分間の深い沈黙が続き、またもう一滴の水がぽたりと落ちてきたが、私は知っていた。必ずや今すぐにすべてが変わるに違いないことを。完全に知っており、揺るぎなく、信じていた。果たせるかな、突然、私の墓がぽっかりと口を開いたのだ。いや、墓が掘り起こされて開かれたのかどうかは知らない。しかし私は、見知らぬ何か暗い存在によって連れ出され、ふと気づけば、我々は、広々とした空間の中にいた。急に視力が戻った。今は深夜であった。いまだかつて、一度として経験したことのないほどの真っ暗闇だ！　我々はすでに地上を遠く離れて宇宙空間を疾走していた。私は自身を運んで行く者に、何も訊《たず》ねず、ただ待っており、それが誇らしかった。私は恐れを抱いていないのだと自身に言い聞かせ、そう思うと、歓喜のあまり、息が詰まりそうだった。どれほどの時間、我々が疾走したのか、私は憶えていないし想像もできない。すべては夢の中で常に起こるようにしてすすんだ。時空も存在や理性の法則も飛び越えたかと思うと、心が強く惹《ひ》かれる地点にのみ立ち止まるのだ。暗闇の中に小さな星が一つ見えたのを憶えている。

「あれはシリウスだろうか?」私は不意に堪《こら》えきれずに訊ねた。何一つ訊ねたくなかったのに。

「いや、あれは、おまえが家に帰る途中で雲の合間に見た、まさにあの星だよ」と、私を運んでいた存在が答えた。

私は、こいつが人間のような顔をしているのは知っていた。不思議なことに、私はこの存在をあまり好きではなかったし、むしろ深い嫌悪感さえ抱いていた。私は、完全なる無を予期しており、そのつもりで心臓にずどんと一発撃ちこんだのだ。それが今、何らかの存在の腕に抱かれている。むろん、こいつは人間ではないとはいえ、とにかく、現に存在しているのだ。

《ああ、つまり、死後にも生があるわけだ!》私は、夢特有の奇妙な軽率さでそう考えたが、本質的には、私の心の最も深いところは変わらずに留《とど》まったままだった。

そこでこう考えた。《またしても、実在しなければならず、避け難い誰かの意志によって再び生きなければならないとしても、僕は征服されたり侮辱されたりするのは、御免だ！》

「おまえは、私がおまえを恐れていることを知っているから、それで私を軽蔑しているのだな？」と、私はだしぬけに同伴者に言った。どうしても、告白めいたこの屈辱的な質問を抑えきれず、私は心をピンで刺されたような屈辱を感じた。同伴者は、私の質問には答えなかったが、私は突然、感づいた——自分は軽蔑も嘲笑も同情さえもされておらず、私たちの旅路は、私にだけ関わりのある何かわからぬ神秘的な目的をもっているのだと……。私の心には、恐怖がつのっていった。黙して語らぬ私の同伴者から、苦しみに満ちた暗黙のメッセージが伝わってきて、私の中にいわば染み入ってくるようだった。私たちは、暗い未知の空間を疾走し続けた。もう見慣れた星座は、大分前から見えなくなってしまった。天空には、地上に光が到達するのに何千年も何百万年もの年月がかかるほど遠い星々があることを、私は知っている。ひょっとすると私たちはそれほどの空間をすでに飛び越えてしまったのかもしれない。私はひどい憂愁に心を苛《さいな》まれたまま、何事かを待ち受けていた。

すると突然、何やら馴染《なじみ》のある、極めて強くこちらに呼びかけてくる感情が、私を揺り動かした。思いがけず、私たちの太陽が見えたのだ！　これが、私たちの地球を生み出した私たちの太陽ではあり得ないこと、私たちの太陽からは果てしなく遠く隔たってしまったことは、わかっていた。しかし私は、自身の全存在によって、これは私たちの太陽とまったく同じものであり、私たちの太陽のコピー、分身であることに、なぜか気づいた。甘く呼びかける感情が、私の魂の中で歓喜となって響きはじめた。私を生み出したのと同じ懐かしい光の力が、心の中に反響し、心を復活させ、私は、墓に入って以来初めて、生命を、以前の生命を感じた。

「しかしもしあれが太陽だとすると、私たちの太陽とまったく同じ太陽だとすると、地球はどこにあるんだ？」と、私は叫んだ。すると同伴者は、暗闇の中でエメラルドのような輝きを放っている小さな星を指差した。私たちは、真っ直《す》ぐにそちらに向かった。

「しかし宇宙に、こんな繰り返しが、こんな自然法則など、あり得るのだろうか？……そしてもしあそこにあるのが地球なら、あれは私たちの地球と同じものなのだろうか……。まったく同じように不幸で貧しく、けれども大切な、永遠に愛すべきものでも、最も恩知らずの子供たちのうちにさえ、同じような苦しみに満ちた愛を生み出す、そういう地球なのだろうか？」私は、自分が見捨てたあの懐かしい以前の地球への抑え難い歓喜に満ちた愛情に身を震わせながら、大声で叫んだ。私が侮辱したあの可哀相な女の子の姿が、目の前にちらついた。

「何もかも、これからわかる」と、同伴者は答えたが、その言葉には何とも言えない悲哀が響いていた。

それでも、私たちは急速にその惑星に近づいて行った。惑星はみるみる大きくなり、私はもはや大洋もヨーロッパの輪郭も見分けられるようになり、すると急に、何か偉大な聖なる嫉妬《しっと》とも言うべき奇妙な感情が、私の心の中で燃え上がった。

《こんな反復があり得るだろうか？　いったい何のために？　僕が愛しているのは、僕が愛することができるのは、僕が見捨てたあの地球だけだ。恩知らずにも心臓に発砲して生命の火を消したときの僕の血しぶきが残っているあの地球だけだ。それでも僕は、あの地球への愛を棄《す》てたことなど、ただの一度もない。地球に別れを告げたあの深夜でさえ、たぶん僕は、どんなときよりもいっそう苦しくつらい思いで地球を愛していた。この新しい地球には、苦しみはあるのだろうか？　私たちの地球では、苦悩とともに、苦悩を通してしか愛することができないのだ！　その他の愛し方はできないし、それ以外の愛を知らない。僕は、愛するために苦悩を欲する。僕は今この瞬間に涙にくれながら、僕が見捨ててきたあの地球だけにキスをしたいと渇望する。その他のどこでの生も望まないし、受け容れたくはない！……≫

ところが、私の同伴者は、もはや私を置き去りにしていた。私は忽然とまるで自身でもまったく気づかぬうちに、このもう一つの地球の上に、楽園のごとき魅惑的な明るい陽光に照らされて、立っていた。私が立っていたのは、どうやら私たちの地球ならギリシャのエーゲ海の群島か、さもなければ、これらの群島に隣接する大陸の海岸であったらしい。ああ、何もかもが、私たちの地球とそっくりであったが、辺り一面が、何か偉大な聖なる祝祭と、ついに達成した勝利に光り輝いているように見えた。優しいエメラルド色の海は、そっと波を岸辺に打ちつけながら、明らかに目に見える、ほとんど意識的な愛情をこめて、岸辺にキスしているのだ。背の高い美しい木々には、豪華絢爛たる花が咲き誇り、無数の葉は、私は確信したのだが、静かで優しげなざわめきで私を歓迎し、まるで何か愛の言葉を語りかけているようだった。青々とした若草は鮮やかな芳香を放つ花々でむせかえるほどだ。小鳥たちは群れをなして空を飛び、私のことをひとつも怖がらず、肩や両手に止まっては、可愛らしい小さな翼を羽ばたかせながら、嬉しそうに私をパタパタと打つのだ。

そしてついに私は、この幸せな地球の人間に出会った。彼らは自分たちから私の方にやってくると、私を取り囲みキスをした。太陽の子ら、彼ら自身の太陽の子らよ——彼らはなんと美しかったことか！　私たちの地球では、人間の中にこれほどの美を見たことは一度もない。私たちの地球の子供たち、それもほんの小さな幼子の中にだけは、こうした美の遠い微かな面影を見出《みいだ》すことができるかもしれないが。これらの幸せな人々の目は、明るく光っていた。彼らの顔は理性と、すでに平静の境地に到達した意識に満たされて輝いていたが、あくまでも楽しげで、彼らの言葉や声は子供のような喜びではずんでいた。ああ、私はすぐさま、彼らの顔を一目見ただけで、すべてがわかった。何もかもが！　ここは、堕罪に汚《けが》されていない大地であり、ここには原罪のない人々が、全人類の伝説によれば私たちの堕罪に汚れた祖先もかつては住んでいたという、あれと同じ楽園に暮らしているのだ。ただし、一つ違っているのは、ここでは、隅から隅まであらゆる所がひとしなみに楽園であるという点だった。ここの人々は、嬉しそうに笑いながら、私の方に押し寄せてくると、私を愛撫した。

彼らは私を自分たちのところへ連れて行き、一人一人が皆、私を宥《なだ》め、落ち着かせようとしていた。ああ、彼らは私に何一つ訊ねようとしなかったが、すでに何もかも心得ており、私の顔から一刻も早く苦しみの影を追い払いたいと望んでいるようだった——そんなふうに私には思われた……。

Ⅳ

もう一度言っておくのだが、たしかにそうさ、これは単なる夢に過ぎない！　けれどもこれらの罪なき麗しき人々の愛の感覚は、私の中に永久に残り、その愛情はいまだにあちらの世界から私の上に流出しているように感じる。私はあの人たちをたしかにこの目で見たのだ。彼らの存在を認識し、確信した。私は彼らを愛し、後には彼らのことを思って苦しみもした。私はすぐさま、あのときただちに了解した——多くの点で私は彼らのことがさっぱり理解できないことを……。現代ロシアの進歩主義者にして、厭《いと》うべきペテルブルグ市民たる私には、たとえば彼らがあれだけ多くのことを知りながら、私たちの科学を有していないことが、不可解に思われた。しかし、すぐにわかった。彼らの知恵は、私たち地球人とは別の方法で浸透し、豊かに補充されてゆくものなのであり、彼らが志向するのもまったく異なるものなのだ。彼らは何一つ望んでいないし、心は静穏そのものだった。彼らは私たちが人生を知りたいと夢中で追求するようには、人生の意味を認識したいと望んではいない。なぜなら彼らの人生は満たされているからだ。ところが、彼らの知識は、私たちの科学よりはいっそう深く、また高尚なものであった。というのも、私たちの科学は、人生とは何かを説明しようと探し求め、他者に生き方を教えるために、自身も人生を知ろうと夢中になって求めているのだが、一方彼らは、科学なんぞなくとも、如何《いか》に生きるべきかを知っていたからだ。そのことを、私は理解していたが、彼らの知識そのものは理解できなかった。

彼らは自分たちの木々を私に見せてくれたが、彼らがどれほど深い愛情をもって木々をみつめているのかは、私にはわからなかった。まるで自分たちと同類のものと話しているかのようなのだ。ひょっとすると、彼らは、実際、木々と話していたのだと言っても間違いではないかもしれない！　そうだ、彼らは樹木の言葉を発見し、たしかに、樹木も彼らの言葉を理解していたのだ。自然全体をも彼らは同様に見ていた——共に平和に暮らしている動物たちも、決して彼らに襲いかかったりせず、動物も彼らを愛し、彼らの愛に圧倒されていた。彼らは空の星々を指差して、それらについて、私には理解できないことを、私に話しかけるのだ。それでも彼らは空の星々と、単に思考のみならず何か生きた実践的な方法で触れ合っているに違いないと、私は確信した。ああ、この人たちは、私に理解してもらうことなど求めていない。彼らはそんなことはおかまいなしに私を愛してくれていた。ただし、彼らは私の言うことなど決して理解できっこないと私は知っていたので、私たちの地球の話は、彼らにはほとんどしなかった。私はただ、彼らの目の前で、彼らが暮らしてきた大地にキスをして、言葉は使わずに、彼らをひたすら崇敬した。すると彼らはそれを見て、恥ずかしがりもせず、私の崇敬、熱愛をなすがままに受け容れた。なぜなら、彼ら自身も大いに私を愛していたからである。私が涙を流しながら、時々彼らの足にキスをするときも、彼らは私のことを思って苦しんだりはしなかった。いずれどれだけ力強い愛で、私に応えることができるかを、心に喜びを秘めつつ知っていたからだ。

時には、我ながら驚いて私は自身に問いかけたものだ——この人たちは、私のような男の自尊心を、よくも始終傷つけないでいられたものだ、よくも私のごとき人間の中に、嫉妬や羨望の念をただの一度も湧き起こさせたりしなかったものだと……。自慢屋で嘘つきの私のような男が、よくもまあ、連中にはむろんわかりっこない、自身の科学や哲学の知識を披瀝したり、それがたとえ彼らへの愛ゆえにしても、彼らを驚かしてやろうなどという気にならなかったものだと、私は何度も自身に問うた。

彼らは、子供のように快活で陽気だった。美しい林や森を散策し、自身の素晴らしい歌を唄い、食べる物と言えば、軽い物ばかり。木の実や森の蜜、それに愛すべき動物のミルクであった。食べ物や衣服のためにはほんの少ししか労力を費やしていなかった。彼らにも愛情はあり、子供は生まれていたが、彼らのうちには、私たちの地球のほとんど全員、ありとあらゆるものを襲う、あの残忍な肉欲の激発を、ついぞ見かけたことがない。あれこそが、私たち人類のほとんどあらゆる罪の唯一の源泉なのだが。彼らは、生まれた子供たちを、自分たちの至福の世界への新たな参加者として、喜んで受け容れる。互いの間には、口論も嫉妬もなく、それが何を意味するかさえもわからなかった。彼らの子供たちは全員の子供である。なぜなら、全員で一つの家族を形成していたからだ。

彼らには病気というものがほとんどまったく存在しなかった。もっとも、死は存在したが、老人たちは、まるで眠るがごとく静かに死んでいった——別れを告げる人々に囲まれ、彼らに祝福を与え、微笑《ほほえ》みながら、自身も人々の明るい微笑に見送られながら……。そういう場では、悲嘆も涙も見たことがない。ただ、歓喜にまで高まった愛、それも穏やかな、何かに満たされてゆく瞑想的な歓喜を目にしただけである。彼らは近しい死者たちと、死後もまだ触れ合うことができ、彼らの間の地上での一体感は、死によっても絶たれることはないと考えることができた。永遠の生命について訊ねたとき、彼らは、私の言っていることがほとんど理解できなかったが、どうやら彼らは永遠の生命を本能的に確信していたので、そんなことについて、わざわざ質問することなどあり得なかったのだろう。彼らは、神殿は持っていなかったが、宇宙の「全一《ぜんいつ1》」との、何か日々の欠くべからざる、生きた絶え間ない一体感があった。

彼らに信仰はなかったが、その代わりに、次のような揺るぎない知恵があった。それは、彼らの地上の喜びが、地上の自然の限界まで満たされたなら、そのときこそ、彼らにとって、生きる者にも死した者にも、宇宙の「全一」との交わりがさらに拡大されるのだ、ということだ。彼らはその瞬間を喜びのうちに待ち受けていたが、決して焦《あせ》ることなく、そのことで悩むこともなく、心の中ではすでにいわば予感しており、その予感について互いに語り合っていた。毎晩、眠りにつくとき、よく調和のとれた美しいコーラスを唄うのが好きだった。これらの歌の中で彼らが伝えていたのは、去りゆく一日が彼らに与えてくれるあらゆる感覚であり、彼らはその一日を賛美し、別れを告げるのだ。彼らは、自然も大地も海も森も賛美していた。互いのことを唄う歌を創るのも好きで、子供のように互いを褒め合った。それは極めて素朴な歌であったが、心の底から吐露され、相手の心に染み入るものだった。いや、歌ばかりではない。彼らは一生を通して、互いに見惚《みと》れることのみで時を過ごしているようだった。それは、何か、全身全霊を献げて皆が皆、互いに夢中になっているようなのだ。厳《おごそ》かかつ熱狂的な歓喜に満ちたいくつかの歌は、私にはほとんどさっぱり理解できなかった。歌詞はわかっても、その意味全体を突きつめることができないのだ。私の頭ではどうにも測りかねるのだが、その代わり、私の心には、知らず識《し》らずのうちに、その意味がどんどん浸透していった。私はしばしば彼らに、こうしたことは何もかも、

1　ここでは「神」という言葉は用いられておらず、代わりに宇宙の「全一」という表現が使われているが、宇宙の万物に遍《あまね》く浸透しつつ、その全体を統一するものという神の「全一性」が念頭に置かれているものと思われる。

もうとっくの昔に予感していたと話した。こうした喜びや栄光は、まだ私たちの地球にいたときから、どうかすると耐え難い悲しみにまで達するほど、こちらの胸に訴えかけてくる、せつない憂愁として、私の前に現れたものだ。彼ら皆のことや、彼らの栄光は、私の心が見る夢や頭が創り出す願望の中で予感していたし、私たちの地球でも、私はしばしば涙なくしては斜陽をみつめることができなかったのだ……。私たちの地球上での、他者に対する私の憎しみには、常にせつない思い焦がれるような想いが含まれていた。どうして私は、人を愛することなしには、人を憎むことができないのか、どうして人を赦《ゆる》さずにはいられないのに、人に対する私の愛情の中には、せつない憂愁が込められているのか？　どうして私は人を憎むことなしには、愛することができないのか？

彼らは私の話を聞いてくれたが、私が話している内容は想像することができないようだった。それでも私は、こんな話を彼らにしたことを後悔してはいなかった。私が見捨ててきた人々に対する私の思い焦がれる気持ちが、いかに強烈であるかを、彼らが理解してくれることはよく知っていたからだ。そう、彼らが、愛情溢《あふ》れる優しい眼《まな》差《ざ》しで私を見つめてくれるとき、彼らの前にいて、私の心も同じように汚れなく誠実なものになりつつあると感じるとき、私は、彼らを理解できないことなど、少しも残念には思わなかった。生命の横溢《おういつ》感ゆえに、私は息が詰まりそうになり、黙ったまま、彼らに祈りを捧げるのだった。

ああ、今やあらゆる人が、面と向かって私を嘲笑い、私が今伝えているような詳細を夢の中で見られるはずがない、夢の中で見たか感じたかしたのは、譫妄《せんもう》状態の心によって生み出された単なる感覚だけであり、詳細な部分はすべて目覚めてから私が自身で創りあげたのだと、私に断言するのである。そして私が、ひょっとしたら、本当にそうだったかもしれないなどと、彼らに明かそうものなら——ああ、彼らは私に面と向かってどんなにか笑いを爆発させ、私は連中にどれほどの楽しみを提供したことだろう！

ああ、そうなのだ、むろん、私を圧倒したのは、あの夢の感覚のみであり、あの感覚だけが血が流れるほど傷ついてしまった私の心の中で無事に残ったのである。しかしその代わり、私の夢の中に出て来た実際のイメージや形、つまり、私が夢を見ている最中に実際に見たものは、極めて調和に満ち、実に魅惑的で非常に美しい真理だった。それで目覚めてからは、むろん、私たちの貧しく力ない言葉でそれらを生き生きと復元することなど、私にはできず、それらは、私の頭の中でいわば曖昧《あいまい》にぼかされてしまったはずだ。つまりは、実際、ひょっとすると私自身も無意識のうちに、やむを得ず後から細部の描写を創りあげることになったのかもしれない。特に、一刻も早く、せめてほんの少しでもそれらについて皆に伝えたいという熱い願望があったものだから。むろん、私の創作ゆえに、それらの姿を歪《ゆが》めてしまったに違いないが……。

しかし、だからと言って、あれが、何もかも本当にあったということを、どうして信じないでいられようか？ ひょっとすると、私が物語るより、千倍も素晴らしく、明るく、喜ばしいものだったかもしれないではないか？ たとえ夢であっても、かまいやしない。あれはすべて、なくてはならないことだったのだ。なんなら、ここで諸君に秘密を教えてあげよう。あれは何もかも、ひょっとすると、まるきり夢なんかじゃなかったかもしれないのだ！ と言うのも、そこで起こったのは、恐ろしいほどの真実であり、とても夢で見られるようなものではないからだ。

たとえ私の夢が、私の心が生み出したものだとしても、あの後、私の身に起きたあの恐ろしい真実は、私の心の力だけで生み出すことなどできるだろうか？ どうして私が、たった一人で、あんなことを思いついたり、夢に見たりすることなどできよう？　私のちっぽけな心と気紛れで取るに足りない頭脳が、あれほどの真実の啓示を受ける高みに昇ることなどできたはずがないではないか！　まあ、諸君ご自身で判断していただきたい。今まで伏せていたが、こうなったら、あの真実も話してしまおう。実は、私は……あの人たち全員を堕落させてしまったのだ！

V

そう、そうなのだ。結末は、私が彼ら全員を堕落させたということになってしまった！　そんなことがどんなふうにして起こり得たのか――私はわからないし、はっきり憶えてもいない。夢は何千年もの時を飛び越え、私の中には、ただ全体としての感覚が残っているだけだ。私が知っているのは、堕罪の原因は私だ、ということのみである。世界じゅうの国々に伝染するおぞましい旋毛虫のように、ペスト菌のように、私が来るまでは幸福で罪の汚れを知らなかったこの大地を、私は自身で汚してしまったのだ。彼らは嘘をつくことを覚え、嘘を好み、虚偽の美しさを知った。ああ、それはひょっとすると、何の悪気もなく、ほんの冗談に、ちょっとした媚を売り、恋愛ゲームのつもりで始まったことかもしれない。実際、ほんのわずかな菌がきっかけだったのかもしれないが、このごく小さい嘘の菌が彼らの心の中に浸潤し、しかも彼らはそれが気に入ったのである。

その後、たちまち情欲が生まれたかと思うと、情欲が嫉妬を生み、嫉妬が残酷さを生み……。ああ、私にはよくわからないし、憶えてもいないのだが、じきに、本当にすぐさま、最初の血しぶきが上がった――彼らは仰天し、怖気《おじけ》づいて、皆が散り散りに離散し孤立した。たくさんの同盟が現れたが、それらは早くも互いに対抗し合い、非難と攻撃が始まった。彼らは羞恥を知り、羞恥を美徳に祭り上げた。名誉という概念が生まれ、それぞれの同盟内で自分たちの旗が掲げられる。彼らは動物を虐待し始め、動物たちは彼らから離れて森の中に逃げ込み、彼らの敵となった。分裂、孤立、個性のため、おれのものか、おまえのものかを決めるための闘いが始まる。彼らは、異なる言語で話し始めた。悲しみを知り、悲しみを愛するようになった。苦しみを渇望し、《真理》は苦しみによってのみ達成されるなどと言う。

そうなったとき、彼らのもとに科学が登場した。連中は悪意を抱くようになると、兄弟愛や人道について語り始め、そうした観念を理解するようになった。罪を犯すようになると、正義を発明し、その正義を守るために、ありとあらゆる法典を作成し、自身に課し、その法典を保証するために、ギロチンを制定したのである。

彼らは、自身が失ったものについては、ほとんど憶えておらず、かつて自身が純真で幸福であったことを信じることさえ望まなかった。かつて持ち合わせていた自身の幸福の可能性さえ嘲笑し、それを単なる夢だのたわごとだのと呼んだ。彼らはその幸福の具体的な形やイメージを想像さえできなくなっていた。しかし、奇妙で不思議なことだが、かつての幸福の存在が信じられなくなり、それをお伽噺《とぎばなし》だと呼ぶようになってからは、彼らは再び純真に幸福になりたいと極めて強く望むようになったあまり、自身の心の願望の前に跪《ひざまず》き、この願望を子供のように崇拝し、寺院を山ほど建《こん》立《りゅう》したかと思うと、自身のイデア、「願望」に祈りを捧げるようになった。それでいて、その願望が決して実現しないことをすっかり信じ込んでおり、それでも涙ながらにその願望を崇拝、賛美しているのだ。とは言え、万が一、彼らがあの失ってしまった純真で幸福な状態に戻れるようなことがあるとしたら、つまり、誰かが不意に、彼らにあの状態を再び見せて、あそこに戻りたいかと訊ねたら、どうだろう？　おそらく彼らは、拒否するに違いない。彼らの答えはこうだった。

「たとえ私たちが嘘つきで、悪意と不正に満ちているとしても、私たちはそれを知っているし、それを悲しみ、それゆえに自身を責め苛《さいな》み、私たちを将来裁くはずの、私たちはその名も知らぬ、あの慈悲深い《審判者》よりも、ことによると厳しく、自身を罰しているのだ。しかし私たちは科学を有しており、科学を通して再び真理を探り当てる。ただし、もはや意識的にそれを手に入れるのだ。知識は感情よりも高尚なものであり、生を意識することは、生そのものよりも高尚なのだ。科学は私たちに叡智を与え、叡智は法則を明らかにする。幸福の法則を知ることは、幸福よりも高尚なのだ」

これが、彼らの言い分であり、こうした発言の後には、各人が他の誰よりも己を愛するようになった。たしかに彼らはそうするより他にしかたがなかったのである。各人が自身の個性に執着に熱中するあまり、他人の個性は全力でひたすら貶《おとし》め縮小しようと努めるのだ。そこに生きがいを見出していた。奴隷制度が現れ、自発的に奴隷になる者さえ登場した。連中は、自身よりもさらに弱い者を抑圧する際、手助けしてもらうためだけに、進んで最強の者に屈服したのだ。義人たちが登場し、人々に、涙ながらに語りかけ、彼らの驕《おご》り、節度と調和の喪失、羞恥の喪失を説いて聞かせた。しかし義人たちは嘲笑されるか、石を投げつけられるばかりで、聖なる血が神殿の入口で流された。

それに代わって現れたのは、こんな考えを思いついた人々である。各人が己を他の誰よりも愛することは放棄せず、それでいて他人の誰の邪魔もせずに、いわば互いに同意する社会の中で、なんとか再び皆で合一することはできないだろうか、というのである。ありとあらゆる戦争の数々が、この思想のせいで起こった。戦士たちは誰でも、同時に次のことを固く信じていた。——科学、叡智、自己保存の感覚は、ついに最終的には人間を互いに同意する理性的な社会の中で統一させるはずだ、と。それゆえ、当面は、この事業の促進のために、「叡智の人々」は、すべての「知恵なき人々」および彼らの思想《イデア》を理解しない人々を、一刻も早く殲滅《せんめつ》するように努め、この思想に勝利をもたらす邪魔をさせないようにした。

ところが、自己保存の感覚は、すばやく衰弱し、高慢ちきや好色漢が現れ、率直に「すべてか、無か」を要求するようになった。すべてを手に入れるためには、悪事に訴えることもあり、それがうまくいかないと、自殺に走った。「無」における永遠の安らぎのために、虚無と自己滅却を信仰する諸宗教が現れ、ついにこの人々は徒労に疲れ、彼らの顔には苦悩が浮かび、「苦悩は美なり、なぜなら苦悩の内にのみ思想があるのだから」などと宣言して、自身で創った歌の中で苦悩を賛美した。

私は手を揉《も》み絞り、彼らを思って泣きながら、彼らの間を歩き回ったが、もしかすると彼らのことは、以前まだ彼らの顔に苦悩の色がなく、無邪気であれほど美しかった頃よりもいっそう、愛していたかもしれない。彼らによって汚されてしまった大地も、それがかつて楽園であったときよりも、そこに悲しみが現れたという理由だけで、私は好きになった。ああ、私は常に悲しみ憂いを好んでいたのだが、それは自身のためだけだった。今は、彼らのことを哀れに思い、私は泣いているのだ。彼らの方に両手を差し伸べた。絶望の内に己を非難し、呪い、軽蔑しながら。私は彼らに、これは何もかも、私の仕業《しわざ》であり、私一人が、彼らに堕落や感染や嘘偽りを、もたらしたのだ！　と話した。彼らが私を十字架に架けてくれるように、私は十字架の作り方も教えて聞かせた。私は自分で自分を殺すことはできなかった。到底その力はなかったのだが、彼らからの苦痛を受け容れたいと望み、苦痛を熱望し、その苦痛の中で最後の一滴まで自分の血を流してしまうことを渇望していた。ところが、彼らは私を嘲笑するばかりで、とうとう私のことを瘋癲行者《ふうてんぎょうじゃ》[2]だとみなすようになる始末だった。「おまえは正しいのだ」と私を弁護し、自分たちは自ら望んでいたものを受け容れただけであり、今あることは何もかも、なるべくしてそうなったことばかりなのだと言う。そしてついに連中は、「おまえは我々にとって危険な存在になりつつある。いい加減にして黙らないと、病院へ入れるぞ」と宣言した。すると、悲しみが堰《せき》を切って私の心の中にどっと流れ込んだので、私の胸は締めつけられ、死にそうだと感じた。するとそのとき……まさにそのとき、私は目覚めたのだ。

すでに朝だった。いや、まだ夜は明けていなかったが、五時頃だった。ふと気づくと、私はさきほどと同じ肘掛椅子に座ったままで、蠟燭はすっかり燃え尽き、大尉のところは寝静まっており、辺りは、この家にしては珍しく、静まり返っている。私が

---

2 「聖痴愚者」とも呼ばれ、キリストの受難を自発的に再体験するため、痴愚者を装いつつ、世の中の虚構を暴くロシア独特の聖人。

真っ先にしたことは、驚愕のあまり跳び起きたことだ。いまだかつて、実に些細な細部に至るまで、こんな体験は一度もなかったからだ。たとえば私は、一度として肘掛椅子に座ったまま眠り込んだことなどない。そこで、私が突っ立ったまま我に返ったとき、不意に目の前にちらついたのが、弾丸も込めて用意ができた私のピストルだった――しかし、私は一瞬にしてそれを退けた！　ああ、今欲しいのは、生命、生命だ！　私は両手を上げると、永遠の真理に呼びかけた。いや、呼びかけたのではない、泣き出したのだ。無限の歓喜が私の全存在を熱狂させたのである。そう、生命だ！　そして――伝道だ！　伝道することを、ただちに決心した。しかもむろん、全生涯をかけて続けるのだ！　私は伝道に出かける。伝道したいのだ――何をかって？　真理を伝道するのだ。なぜなら、私はそれを自身の目で見たのだから、真理の栄光をすっかり見てしまったからだ！

以来、私は、伝道活動を続けている！　しかも私を嘲笑する人たち全員を、他の誰よりも愛しているのだ。どうしてそうなのか――それはわからないし、説明もできないが、それでもかまわないじゃないか。連中は、「おまえは今もしくじってばかりいるのだから、この先どうなることだろう？」という。それはたしかにその通りだ。私はしくじってばかりいるから、たぶん、この先はもっとひどいことになるだろう。そしてむろん、いかにして伝道すべきか、つまりいかなる言葉と行いで伝道すべきか、それを探し出すまでには、まだ何度もしくじることだろう。なぜなら、これを実行するのは、実に困難だからだ。そんなことは、今だって、火を見るよりも明らかだ。それでもまあ聞いてもらいたい――しくじらない者なんぞ、いるだろうか！

それにしてもなにしろ、あらゆる人が目指している先は、同じものなのだ。少なくとも賢人から最低の強盗に至るまで、ありとあらゆる人間が目指しているものは、まったく同じものであり、ただそこに至る道がさまざまであるだけなのだ。これは、古くから言い古された真理ではあるが、新しい点もあるのだ。私は絶対にしくじりっこないに決まっている。なぜなら私は真理をたしかに見たからだ。人々はこの世に生きる能力を保ったまま、素晴らしく美しく幸福になり得るのだ、ということを、この目で見て、知っているからだ。悪が人間の常態であるなんて、私は思いたくもないし、そんなことは信じられない。ところが連中は一人残らず、まさに私のこの信仰を嘲笑するのだ。しかし、どうして信じずにいられよう？　私はたしかに真理を見たのだから――頭で考え出したわけじゃない。私はこの目でちゃんと見て、その生きたイメージが、永久に私の心を満たしているのだから。私はその真理を極めて充実した完璧な姿で見たものだから、人々がその真理を持ち得ないなどとは、とうてい信じられないのだ。かくして、どうして私はしくじることがあろう？

むろん、脱線することは幾度かあるかもしれないし、ひょっとすると異なる言葉で語ることさえあるだろう。しかし、それも一時的なものである。私が目にした生きたイメージは、常に私と共にあり、常に私を正し、教え導いてくれるはずだ。ああ、私は、力に満ち溢れ、新鮮な気分で、たとえこれから一千年でも歩きに歩いて行くぞ。実は、最初私は、自分があの人たち全員を堕落させてしまったことを隠そうとさえしたかったのだ。しかし、これは誤りであった——これがそもそもの第一の誤りだったのだ！　しかし、真理がこっそり私に耳打ちし、おまえは嘘をついているぞと教え、私を守り、正しい道を示してくれた。しかし、それにしてもいったいどうしたら楽園を築けるのか——それは私にはわからないのだ。というのも、言葉でそれを伝えることができないからだ。あの夢を見た後、私は言葉を失ってしまったのだ。少なくとも、最も重要な、必要不可欠な言葉は何もかも失ってしまった。しかし、それでもかまうものか。私は出かけて、飽かずに、何から何まで話すつもりだ。と言うのも、何と言ってもこの目ではっきりと見たのだから。たとえ見たことをうまく言葉で説明できないにしても。

ところが、嘲笑者たちには、まさにこれがわからないのだ。「だって夢なんだろ、見たってのは。譫妄、幻想だよ」と。ああ、なんてこった！　これが叡智ってもんだろうか？　それに連中はひどく傲慢だ！　夢だって？　夢とはいったい何であろう？　私たちの生活こそ夢ではないのか？　もっと言ってやろう——たとえこれが決して実らず楽園なんぞ実現しないとしても（だってそんなことは、私はよくわかってるんだ！）——それでも私は伝道を続ける。ところが実際は、これは実に簡単なことなのだ。丸一日で、たった一時間で、すべてがたちまち出来上がってしまうのだ！　主要なことは——「他者を己のごとく愛せよ」——これが重要であり、他のすべてはまさに何も必要じゃない。たちまちどのようにしたら出来上がるのか、その方法はみつかるのだ。ところでなにしろこれは、使い古され、それこそ十億回も繰り返し、読まれてきた真理なのだが、少しも生活には根づかなかった！「人生を意識する方が、人生そのものより高尚であり、幸福の法則を知る方が、幸福よりも高尚である」——こうした言説とこそ、闘わなければならない！　私は闘うつもりだ。もし全員が望みさえすれば、今すぐにもすべては出来上がるのだから。

――――

あの小さな女の子を私は見つけだした……。さあ、私は行くぞ！ これから出かけるのだ！

一八六四年のメモ

四月十六日。マーシャはテーブルの上に横たわっている。[1] 私はマーシャとまた会えるだろうか？ キリストの教えに従い、己のごとく他人を愛すること[2]は、不可能である。この地上では、皆が個我[3]の法則に縛られているからだ。我が障害となるのである。ただキリストのみが、それを為《な》し得た。しかしキリストとは、太古から人間がそれを目指してきた、また自然の法則によっても当然目指すべき、永遠の理想である。ところで、キリストが受肉した姿で人間の理想として到来して以来、火を見るよりも明らかになったのは、個我の最高にして究極の発達が、（発達の最終点、まさに目的達成の時点で）到達しなければならないのは、次のような地点であるということだ。すなわち、人間が自己の個我を、自身の我の十全な発達を最高の形で利用できるのは――

その我をいわば無にして、我を完全に万人および各人にそっくりそのまま献身的に与えてしまうときであるということに人間自身が気づき、意識し、自己の本性の全力をもって確信するという地点なのである。そして、これこそが最も偉大な幸福なのだ。このようにして、我の法則が、ヒューマニズムの法則と溶け合い、この融合の内に両者が、つまり我も皆もが（両者は一見、極端に対立するものであるのだが）、互いが互いのために無になり、と同時にそれぞれが己の個人的な発達のまさに最高の目的を達成してゆくのである。

まさにこれこそが、キリストの楽園である。歴史というものはおしなべて、人類全体の歴史であれ、部分的には個々人の歴史であれ、すべて、この目的を目指した発達、闘い、志向、達成のみなのである。

しかし、もしこれが人類の究極の目的であるとしたら、（この目的を達成してしまったら人類には発達の必要性も、つまり理想を達成しようと闘い、自身の堕落にもかかわらずこの理想の存在を洞察し、永久にこの理想に向かって努力する必要もなくなる――つまりは、生きてゆく必要がなくなるわけだ）従って、人間は、これを達成することによって、自身のこの世での存在を終えることになる。というわけで、人間とは、この世では、単に発展途上の、つまりは未完成の過渡的存在に過ぎない。

しかし、もしこの目的を達成すると、すべてが消えてなくなるのだとしたら、つまりまさに目的達成とともに、人間には生命がなくなるのだとしたら、私の考えるところ、こうした偉大な目的の達成はまったく無意味である。そうであるからこそ、来世には、楽園の生活があるということである。

それはいかなるもので、どこに、どの惑星にあるのか、いかなる中心にあるのか、その中心は究極のものなのか、つまり、万物を統合するもの、すなわち神の懐《ふところ》にあるのか？――それは私たちにはわからない。私たちが知っているのは、未来の自然、未来の存在――それは人間とは呼べないものだろうが――（つまり、私たちが将来い

1　この文章は、ドストエフスキーの最初の夫人マリヤ（愛称マーシャ）が亡くなった直後に書かれたものである。ロシアでは、遺体を棺に納める前に、ひとまずテーブルの上に横たえる習慣があったため、このような書き出しとなっている。

2　マタイによる福音書19章19節「隣人を自分のように愛しなさい」を参照。

3　この単語のロシア語「リーチノスチ」の意味するところは西洋近代的な全体から独立した「個人」とはいささか異なるので、見慣れない「個我」という訳語を使用した。リーチノスチについては解説で説明する。

かなる存在になるのか、私たちにはさっぱりわからないのだ）、その存在のたった一つの特性のみである。この特性は、全人類の発達の偉大にして究極の理想であり、私たちの歴史の法則に従い、受肉した姿で私たちの前に現れたキリストによって予見され預言されている。

その特性とは、《娶《めと》らず、嫁がず（犯さず）、神の天使のごとく生きる》[4]——実に意味深長な特性である。

（1）娶らず、嫁がず（犯さず）——なぜなら、その必要がないからだ。世代交代によって発達し目的を達成する必要はもはやないのだ。そして、

（2）結婚および女性を犯すことは、いわばヒューマニズムからの最大の離反であり、一組の男女が万人から完全に孤立することである（万人のために残される余地はわずかである）。家族とは、すなわち自然法則ではあるが、しかしそれでも、人間の正常ではない、完全な意味でのエゴイスティックな状態である。家族とは——地上での人間にとって、最も偉大な神聖なるものである。なぜなら、この自然法則によって（すなわち世代交代によって）、人間は目的への発展を遂げるからだ。ところが同時に、人間は、例の[5]自然法則のせいで、自身の目的である究極の理想のために、絶えず家族

を否定せざるを得ないのだ（二重性）。

注1 アンチキリストたちが、主に次のような論拠でキリスト教に反駁《はんばく》しようとするのは間違っている。

《もしキリスト教が真理であるなら、なぜこの世を支配できないのか、なぜ人は、現在に至るまで、苦悩し、互いに兄弟となれないのか？》

なぜそうなのかは、大いに理解できることである。なぜならこれは、人間の未来の、究極的な生の理想なのであり、地上の人間は過渡的状態にあるからだ。それはいずれ実現するだろうが、目的達成の後のことであり、人間が自然法則により、最終的に娶

---

4 マタイによる福音書22章30節「復活の時には、娶ることもなく嫁ぐこともなく、天使のようになるのだ」を参照。ただしドストエフスキーの文で使われているロシア語の「嫁ぐ」посягатьには、「犯す」の意味もあり、この箇所のすぐ後で女性を「犯すこと」という言葉が出てくるが、それは、先の動詞と同語源のпосягновениеが使われているため、「嫁がず」の訳語に（犯さず）も補った。

5 この「自然法則」は、209ページ5行目にある、人間はキリストを永遠の理想として、それを目指すべきである、という「自然法則」を指しているものと思われる（213ページ後ろから1行目の「自然法則」も同じものである）。

らず嫁ぐこと（犯すこと）もない、別の本性に生まれ変わるときのことだからである。そして第二に、キリスト自身が、自らの教えは単に理想として説いたのであり、この世の終わりまで闘いと発展が続く（剣《つるぎ》の教え）[6]と預言しているのである。なぜなら、これは自然法則であり、地上の生活は発展途上のものであり、一方、かの地にあるのは、総合的に完全なるものであり、永遠に喜びに浸り、満たされた存在であり、つまりはそこには《もはや時がない》[7]からである。

注2　神と未来の生を否定する無神論者たちは、これらを何もかも、ひどく人間的な視点で想像する傾向があり、その点で罪を犯しているのである。神の本性は、まさに人間の本性と真っ向から対立する。人間は、偉大なる科学の成果により、多様性から《総合》へと、多くの事実からそれらの一般化および認識へと向かう。一方、神の本性は別のものである。これは、あらゆる存在の完全な総合であり、多様性の中に《分析》の中に、自身の姿を見出《みいだ》すのである。

しかし、もし人間が人間でなくなったら——その本性はいかなるものになるのか？それは地上では理解し難いものだが、その本性の法則は、神の直接的発出《エマナチオ》（プルードン、神の起源）[8]において、全人類によっても個々人によっても、予感され得る。

これは、完全なる我、すなわち知と総合の、万物との融合である。《万物を己のごとく愛せよ》。これは、地上では不可能である。なぜなら、それは個我が発達し究極的目的を達成していくという、人間が縛られている法則と矛盾するからである。従って、この掟《おきて》は、アンチキリストたちが言うような、現実離れした掟なのではなく、私たちの目指す理想の掟なのである。

注3　かくして、すべては次の点にかかっている。キリストを地上での究極の目的として受け容《い》れられるか？　つまり、キリスト信仰にかかっているわけだ。もしキリストの存在を信じるなら、永遠の生命も信じることになる。

そうした場合、未来の生は、あらゆる個々の我にとって存《あ》るのだろうか？　人間は

6　マタイによる福音書10章34節参照。「私が来たのは地上に平和をもたらすためだ、と思ってはならない。平和でなく、剣をもたらすために来たのだ」

7　ヨハネの黙示録10章6節参照。「もはや時がない」は、この世の終末の黙示的預言で、キリストの再臨後の状態の描写として使われている表現。

8　プルードンが著書『経済的矛盾のシステム、ないし貧困の哲学』（一八四六年）の中で神についての仮説を述べていることを念頭に置いている。

腐敗し、完全に死滅してしまうと言われている。

私たちはすでに、完全に死滅するわけではないことを知っている。人間は、肉体的には、息子を産む存在として、息子に己の個我の一部を伝えてゆくし、精神的にも自身の記憶を人々に残してゆくからだ（注　追悼式の席で、永遠の記憶を祈願するのは意義深い）。つまり、この世で生きていた過去の個我の一部は、人類の未来の発達に参画するわけだ。私たちは、人間の発達に貢献した偉大な人々の記憶が（悪人たちの発達も同様だが）、人々の間に生き続け、人間にとっては、そういう過去の人々に似ることが最大の幸福でさえあることを、はっきりと見ている。つまり、これらの本性の一部が、肉体的にも精神的にも、他の人々の中に入ってゆくのである。

キリストは全身全霊で人類の中に入ったので、人間は、自身の理想として、キリストの我に変容することを目指している。これを達成したとき、人間は、地上でこの同じ目的を達成しようとしたすべての人々が、彼のつまり、キリストの中にその究極的本性の一部として入っているのを明らかに見るのである（キリストの統合的本性は驚くべきものである。なにしろそれは、神の本性であり、つまり、キリストは、この世での神の反映なのだから）。そのとき、万物の統合の内で、各人の我がどのように復活するのか――それを想像するのは難しい。しかし、まさにその達成のときまで死滅することなく、究極の理想の内に反映された、生きとし生けるものは、究極の、総合的な無限の生命となって蘇《よみがえ》らずにはいられないのである。私たちは、万物との融合を絶やすことなく、娶らず嫁がず（犯さず）、多種多様な範疇《はんちゅう》を成す（我が父上の家には住居多し）[9]個我となってゆくであろう。そのとき、万物は永遠に自身を感じ、認識するはずである。しかし、それがどのように起こるのか、いかなる形でいかなる性質において実現するのか――それは、人間にとって最終的に想像することは難しい。

かくして、人間は地上で、自身の本性に反する理想に向かって邁進《まいしん》している。人間が理想への邁進の法則を果たさず、つまり、自身の我を人々や他の存在に対して、愛の力で犠牲として差し出さなかったとき（私とマーシャ）、人間は苦悩を感じ、その状態を罪と名づけた。かくして人間は絶えず苦悩を感じていなければならないのだが、この苦悩は、例の掟の遂行による楽園の喜び、すなわち犠牲とちょうど釣り合いがとれている。まさにここにこそ地上の均衡があるのだ。さもなければ、地上は無意味になる。

9　ヨハネによる福音書14章2節参照。「私の父の家には住むところがたくさんある」

なってしまうだろう。

唯物論者たちの教義は、全般的無知と物質の機械論であり、つまりは死を意味する。真の哲学の教義とは、無知の根絶であり、すなわち思考であり、すなわち全宇宙とその外形である物質の中心および統合であり、すなわち神であり、無限の生である。

解説

安岡治子

中編『白夜』は、一八四八年十二月に発表された。その約三年前に、処女作『貧しき人々』が絶賛されて以来、ドストエフスキーは、十編あまりの短編や中編を発表し続けていたが、どれも処女作を超える評価は得られなかった。ところが、特に不評だった『女あるじ』の一年後に書かれたこの『白夜』は、爽やかな驚きをもってロシア文壇で久しぶりに好意的に迎えられたのである。

舞台はペテルブルグ。内気な男性主人公の失恋物語である点は、『貧しき人々』と同じだが、『白夜』の主人公は、『貧しき人々』のうだつのあがらぬ中年のマカールとは異なる、若き夢想家であり、ヒロインのナースチェンカも、清純な少女時代に金持ちの男の餌食となったトラウマを抱える弱々しいワーレンカとは異なる、美しく潑剌《はつらつ》とした多少コケティッシュな魅力溢れる十七歳の少女である。物語の結末も、男性主人公の失恋に終わるとは言え、恨みつらみや絶望、自暴自棄とは無縁の、ドストエフスキーにしては珍しい、せつなくも清々しい感動を与える珠玉の名編と言えよう。

この作品には、「感傷的な小説《センチメンタル・ロマン》」と（ある夢想家の思い出より）という二つのサブタイトルがつけられており、さらにその後に、イワン・トゥルゲーネフの詩「花」（一八四三年）の一部が、多少文言を変えてエピグラフとして掲げられている。トゥルゲーネフの詩「花」は、ふと通りかかった男に手折られ、ボタンホールに差されたあげく、やがて萎《しお》れてしまう花を詠ったものだが、その最後の部分は、「今さら後悔してもしかたない！　つまりそれは、一瞬おまえの心の隣人となるために創造されたものなのだ」となっている。

「それ」とはむろん、花のことであり、「センチメンタル・ロマン」というサブタイトルのすぐ後に置かれたエピグラフは、か弱く純朴な野辺の花たるヒロインが恋人に棄てられて破滅するという、センチメンタル・ロマン特有のストーリーを暗示するもののようにも読める。

作品の冒頭近くで、主人公がペテルブルグの春を、か細いひ弱な女の子が、瞬時にして眩《まばゆ》いばかりの美人に変貌し、さらにまたその美貌が、幻のように瞬く間に消え失せてしまう様子に喩《たと》えている箇所がある。この直後にナースチェンカとの出会いがあることを考えると、ペテルブルグの春のごとく一瞬の輝きを放った後に、はかなく散ってゆく少女の青春を惜しむセンチメンタリズムが、この小説を貫く一つのモチーフであるかとも思われる。

しかし、エピグラフの文言は、トゥルゲーネフのオリジナルに多少の変更が加えられている点に注目しなければならない。「……それともそれは、たとえ一瞬でも君の心の隣人となるために創造されたのだろうか？……」

まずは疑問文が使われていることにより、トゥルゲーネフの「花」に詠《よ》みこまれたセンチメンタルな思考パターンに対して、ドストエフスキーが多少の距離を置いていることが察せられる。先にも述べたように、トゥルゲーネフのオリジナルには、この直前に「今さら後悔してもしかたない！」という言葉があり、手折られ萎れてしまった花、つまりは犠牲になった少女に対する痛恨、同情の念というセンチメンタル・モチーフを前提としているわけで、ドストエフスキーはそうしたトゥルゲーネフの詩をそのまま使うわけにはいかなかったということだろう。

もう一つ、ドストエフスキーがエピグラフに加えた変更は、「たとえ」という一語の挿入である。これにより、「一瞬」という束の間が強調されていることは明らかであるが、このはかない一瞬の価値を、語り手である主人公が、どのように見做《みな》しているかについては、小説の終局を後ほどよく検討しながら考察したい。

その前に、小説のもう一つのサブタイトル（ある夢想家の思い出より）についても触れておかねばならない。ドストエフスキーが夢想家について描写した代表的な初期作品の一つは、『ペテルブルグ年代記』であり、もう一つがこの『白夜』である。前者は一八四七年の初夏に三か月ほど新聞に連載されたフェリエトンと呼ばれる時評風随筆とでもいうべきジャンルのものであるが、ドストエフスキーはペテルブルグを散策する「私」に町の風物や事件のレポートをさせながら、あれこれ日頃思うところを語らせている（ある意味でこの形式を発展させたものが、晩年の大作『作家の日記』になったとも言える）。

この中で「私」が夢想家について語っていることは、少なくとも表面的には、かなり否定的な内容である。「夢想家とは、ペテルブルグの悪夢であり、人格化された罪悪であり、むっつりと押し黙った神秘的で陰鬱な、奇妙な悲劇である」と述べ、夢想家は自身の空想に浸りきって本当の生活を軽蔑するあまり、「とうとう人が本物のあらゆる美を感じとることができる道徳的直観を完全に失ってしまい、途方に暮れ、現実の幸福の瞬間を取り逃がしてしまう。こんな生活がはたして悲劇でないだろうか！　罪悪や恐怖でないだろうか！　カリカチュアでないだろうか！」と言うのである。

一方『白夜』では、夢想家を語るトーンは些《いささ》か異なる。「第二夜」で夢想家としての自身を語る主人公は、現実生活より、自由自在に妄想で創りあげる幻想的世界の方に実在感を覚えてしまう己の性癖を、時にはカリカチュアライズしながら告白していくのだが、「彼自身が自分の生の創り手たる芸術家であり、（……）時にはこういう生は、感情の高まりが創り出した蜃気楼《しんきろう》でも、想像力の錯覚でもなく、これこそが、現実の本物の実存なのだと信じたくなる瞬間がありますからね！」という彼の叫びには、若々しい情熱的な真実がこめられている。

しかも夢想家は主人公だけではない。ナースチェンカは、この些か熱のこもり過ぎた告白に多少たじろぎ、そんな生き方をしてはいけない、とたしなめるものの、決して彼を嗤《わら》ったりはしないのだ。彼女自身が、主人公と白夜の四夜を過ごす内に、次第に自分も彼を愛しているのかもしれないという、束の間の愛の幻想に包まれるようになってゆく。後にナースチェンカが書いた手紙には、「あれは、夢、幻でした……」とあるが、そこにはペテルブルグの白夜の淡い光そのものが持つ幻想性も、当然作用しているのだろう。

それにしても、現実に二人の恋愛は実らなかったものの、たとえ束の間の幻だったとしても、二人の記憶には、それは永遠に深い思い出として刻みつけられたのである。ナースチェンカの最後の手紙の中の「あなたの愛情に感謝しています。だってあなたの愛情は、覚めても長いこと憶えている甘い夢のように、私の記憶に刻みつけられているのですもの（……）あの瞬間を、私は永久に憶えているのですもの……」という言葉に嘘はないだろう。現実世界と同様にあるいはそれ以上に鮮明に、幻想世界を創造できる夢想家は、実は人一倍、現実世界の束の間の体験やちょっとした他者の心理の動きにも敏感に反応できる人間なのではないか。

それはむろん、誰よりも主人公に当てはまる。彼は、別の男に嫁いでゆくナースチェンカに、精一杯の祝福の気持ちを告白するのだ。少し長くなるが、小説の最終部分を見てみよう。

「君の心を秘かな呵責で傷つけ、至福の瞬間に、不安な思いでドキドキさせたりするもんか。君があの人と共に祭壇に向かうとき、ブリュネットの巻き毛に編み込んだ可憐な花の一輪だって、捻り潰したりはしない……。（……）君が、もう一人の孤独な、感謝に満ちた心に与えてくれた、あの、この上ない喜びと幸福の瞬間ゆえに、祝福に満たされますように！

ああ！　完全なる至福の瞬間だった！　あれは、人間の長い一生涯分に十分足りるほどのものではないだろうか？……」

ここには恨みも嫉妬も悲嘆もない。ひたすらナースチェンカと彼自身の、それぞれの「至福の瞬間」が賛美されるばかりである。初めのエピグラフにあった「花」のモチーフも再び登場するが、こちらの花は、他者の自発的な自己犠牲によって無傷のままに守られる幸福の象徴に変容している。

主人公の究極の愛の形は、エゴイズムとは無縁の、相手を尊重するあまり、恋敵を応援して自らは一人取り残されるという、どうかすると滑稽な、あるいは被虐嗜好のピエロに見えるものかもしれない。しかし彼は、この哀切なる夢幻であった恋愛の刹那、「至福の瞬間」に、生の完全性を見出しているのだ——ほんの一瞬とはいえ、あの一瞬は、長い生涯全体にも匹敵する完璧なものだった、あの一瞬のために自分は生まれてきたのかもしれないと……。

最後に、エピグラフの中の「それ」という代名詞について一言述べておきたい。先にも述べたとおり、トゥルゲーネフの詩では「それ」とは、「花」を指している。しかし「花」はロシア語では男性名詞であるため、代名詞にすると、「彼」とも読めるのである。『白夜』のエピグラフは、前のコンテクストとは切り離されていきなり「それ」と書かれているため、可能性としては、「その花」、つまりナースチェンカ、とも読めるが、同時に「彼」、つまり男性主人公は、とも読めるのである。訳者としては、「それ」は、ナースチェンカでもあり、主人公でもあると読みたいと思う。あの白夜の至福の四夜は、たしかに双方が、互いの心の隣人となったのだから。

『作家の日記』とは、一八七三年から一八八一年にかけて、時には断続的に、しかし概《おおむ》ね毎月数回ずつ、雑誌に連載された、総頁数では『カラマーゾフの兄弟』を遥かに凌《しの》ぐほどの膨大な日記である。先に触れたフェリエトン（時評風随筆）に似たジャンルの作品で、作家が実際に目にした出来事から、政治、社会、民族、歴史、文学などを考察した論文、キリストや神について、あるいは哲学を扱った論文など、さまざまな種類の文章が集められている。その中には、いくつかの短編も含まれており、今回は、その内、一八七六年一月発表の「キリストの樅ノ木《ヨールカ》祭りに召された少年」、同年二月発表の「百姓のマレイ」、そして一八七七年四月発表の「おかしな人間の夢」を選んだ。

『作家の日記』では、さまざまな問題についてのドストエフスキーの生《なま》の声を聞ける面白さがあることは確かだが、やはり天性の小説家であったドストエフスキーは、論文の合い間に、時々は論文と同じテーマを短編小説という形で書かずにはいられなかったのだろう。

「キリストの樅《ヨールカ》ノ木祭りに召された少年」は、『マッチ売りの少女』や『クリスマス・キャロル』に類する子供向けのクリスマス物語である。創作の背景としては、一八七五年十二月二十六日に、ドストエフスキーが幼い娘を連れて、ペテルブルグの芸術家クラブの樅ノ木祭りに出かけたこと、その翌日には、郊外の若年犯罪者のためのコロニーを訪問したこと、そして当時、町で乞食の子供たちをよく見かけたことなどがあった。ドストエフスキーが不幸な子供たちに特別の関心を寄せていたことは、イワン・カラマーゾフがアリョーシャに話して聞かせる数々の幼児虐待の例を持ち出すまでもなく明らかであるが、この作品は、ドストエフスキー自身も気に入っていたらしく、一八七九年四月三日にはペテルブルグのフレーベル協会の子供のための読書会で自ら朗読もしている。そればかりではない。革命前には、この作品は多くの子供たちに愛読されたことでも知られているものだ。

『作家の日記』の中で、「百姓のマレイ」の直前の文章は、「民衆（ナロード）に対する愛について。民衆との不可欠な接触」と題された論文である。そこでは、ドストエフスキーは、自身が書いた「我が国の民衆は野卑で無知であり、暗黒と放縦に捉われて、光明を待ち受けている野蛮人である」という文章が、スラヴ派のコンスタンチン・アクサーコフの「ロシアの民衆はずっと昔から啓蒙され、教養があった」という文章に反するものかどうか、という問いかけから始め、この一見、真っ向から対立する二つのロシア民衆論は、いずれも当たっているのだと述べている。ロシア民衆の置かれた厳しい劣悪な環境、それゆえに醜い存在にならざるを得ない状況を語り、さらに、その泥沼のような環境の中でなお、美しく汚れないものを保ち得ている民衆がいることを知るべきである、と言うのである。こうしたことを理論としてではなく、実際の体験として書いたものが「百姓のマレイ」であろう。

「百姓のマレイ」は、九歳の頃の体験も、それを二十年後のシベリアの流刑地で回想したことも、実際にあったことらしい。ロシアのナロードの二面性、つまり粗野で無知な凶暴さと、それとはおよそ異なる慈母のごとき優しさが語られる際、（たとえばニコライ・ロスキーの『ロシア民族の性格』などで）しばしば例に出されるのが、この「百姓のマレイ」なのである。

「おかしな人間の夢──幻想的《ファンタスティック》な物語」は、ロシア語版の全集ではわずか十五頁ほどの短編であるが、バフチンによれば、「ドストエフスキーの主要なテーマのほとんど完璧な百科事典である」という。たしかにここでは、ドストエフスキーのさまざまな作品のテーマ、モチーフ、登場人物に遭遇する。

書き出しの「私は、おかしな人間だ。連中は今では私のことを気が変だと言っている」からして、『地下室の手記』の「俺は病んでいる……。ねじけた根性の男だ。人好きがしない男だ」と響き合うものである。ここにいるのは、他者とのコミュニケーションの方途を失い、世間から孤立して、自己愛のみが増殖した典型的な「地下室人」タイプだろう。

しかし、「おかしな人間」の心理状態は、「地下室人」よりさらに深刻であり、むしろ後期作品の強烈な登場人物たちに近い。たとえば『悪霊』のキリーロフ。「おかしな人間」は、この世の何もかもが「どうでもよい」という圧倒的な虚無感に襲われ、自殺を決意する。キリーロフも、神が無ければ自分が神だ、という、いわゆる人神論を展開し、自身の恐るべき我意を証明するために自殺をしてみせるのだが、「おかしな人間」は、ひょんなことから自殺を免れ、その代わりに見た夢の中で、自殺の先の生を体験することになる。これはいわば、自殺後のキリーロフの体験と言ってもいいものだろう。

さらに、「おかしな人間」が夢の中の自殺後に何者かに抱かれて何千光年も先の宇宙の果てに旅する行程（だからこそ幻想的《ファンタスティック》物語と名付けられているのだが、）についでは、『カラマーゾフの兄弟』のイワンの分身たる悪魔が話す小噺《こばなし》とそっくりだとも言える。それは、来世を否定する無神論者が、ぽっくり死んだあと、突然目の前に来世が現れ、その男は、こんなはずではなかったと思いながらも、不承不承、千兆キロを歩かされたあげく、ついに天国の門に辿り着いたとたんに、「ホザナ！」と謳って神を賛美したという話である。悪魔の口調は、当然ながら皮肉っぽいものだ。

「おかしな人間」が見た、地球に瓜二つの遠い惑星にあった楽園は、ドストエフスキーが若い頃から夢見た黄金時代のユートピアである。『未成年』のヴェルシーロフも思い描く「あらゆる夢の中でも最も法外な夢」であるこの「地上の楽園」というユートピア思想のために、若きドストエフスキーはペトラシェフスキー事件（そこではこの楽園思想はユートピア社会主義になっていた）に連座して、シベリアでの四年間の徒刑生活を含む十年間にわたるペテルブルグ追放の憂き目に遭ったわけだが、にもかかわらずドストエフスキーはこのユートピア思想を終生抱き続けたのだと言えよう。

しかし、「おかしな人間」の見た地上の楽園が、先にも述べたように、キリーロフや悪魔の言動に直結するものだとすれば、主人公の「私は真理をたしかに見たからだ」という言葉を字義通りに取っていいものだろうか……。この辺りの解釈は、ロシア、欧米の研究者の間でも大きく見解が分かれるところである。

いずれにしても、彼はこの地上の楽園の人々の美しい姿を目にすると、すぐさま「これは、堕罪に汚《けが》されていない大地であり、ここには原罪のない人々が、（……）暮らしているのだ」と悟る。ここの住人は、科学は知らずとも、彼らの知恵は私たち地球人のそれよりも、いっそう深く、また高尚なものであり、しかも動物や植物、あるいは空の星々とさえ、何か特別な直観で交感し合っている。いやそれどころか、何の苦しみも不安もなく死んでいった死者たちと、死後も交流を続けており、「彼らの間の地上での一体感は、死によっても絶たれることはない」と考えられるものだ。「彼らは、神殿は持っていなかったが、宇宙の『全一《ぜんいつ》』との、（……）絶えざる一体感があった」という一文を読むと、この文章が書かれた当時、ドストエフスキーが知り合った若き哲学者、ウラジーミル・ソロヴィヨフの影響を感じざるを得ない。ソロヴィヨフは、この作品のすぐ後に書かれた『カラマーゾフの兄弟』のイワンのモデルともアリョーシャのモデルとも言われるほど、当時ドストエフスキーと親しかったのだが、彼は、人類および万物は、全てとの内的かつ完璧な統一状態、すなわち「全一性」を目指して変容してゆくものであると考えていた。

もっともドストエフスキーが万人万物のいわば四海兄弟《しかいけいてい》を夢見ていたのは、ソロヴィヨフとの出会いよりもずっと前からである。『白夜』のナースチェンカでさえ、「どうして私たちは皆、お互いに兄弟みたいになれないのかしら？」と言っていたのだから。

こうした考えをドストエフスキーがはっきりと論じたのが、一八六四年四月十六日のメモである。このメモは、『地下室の手記』を執筆中に、最初の結婚のマリア夫人に死なれた直後に書かれた。マリア夫人とドストエフスキーの関係は、複雑というより、互いに傷つけ裏切り合う、端的に言って不幸なものであった。

そのマリア夫人の遺体を前にして、ドストエフスキーは、次のように書くのである。「キリストの教えに従い、己のごとく他人を愛することは、不可能である。この地上では、皆が個我の法則に縛られているからだ。我が障害となるのである」と論を始める。この世でそれができたのはキリストのみであり、だからこそ人間はキリストを理想、究極の目標としなければならない、としながらも、「個我の最高にして究極の発達」は「我をいわば無にして、我を完全に万人および各人にそっくりそのまま献身的に与えてしまう」段階であると述べており、これがいかに困難であるかは、想像に難《かた》くない。次になぜ人間は互いに兄弟になれないのかと言えば、地上の人間はいまだ発展途上の状態にあるからだとし、未来の自然、究極の理想の特性とは、「娶《めと》らず嫁がず（犯さず）、神の天使のごとく生きる」ことであると言う。またその究極の理想を達成した「かの地にあるのは、総合的に完全なるものであり、（……）つまりはそこには《もはや時がない》」のだとして、この達成とは、この世の終末に訪れるとされる普遍的復活を念頭に置いているようなのである。

ところでこの文章の中で「個我」と訳したロシア語のリーチノスチという単語は、辞書で引けば「人格、個性、個人」などの訳語が当てられているが、特に正教の用語として用いられる場合は、これらの語では表し得ない概念である。ウラジーミル・ロスキーは、これが西欧近代で言われる全体からは独立した「個人」とは異なることを踏まえて、次のように述べている。「自身の内容を放棄し、自由にそれを委ね、自身のために存在することを止めれば、個我は完全に自己表現できる。自身の個別的所有物を放棄すれば、個我は無限に拡がり、万人に属するもの全てによって豊かになる」つまり、個我は、自我に固執して個人的枠内に留まる限りは十全に自己を発揮できない。逆にエゴイズムに縛られた自我の殻を打ち破れば（すなわち我を無にすれば）、ただちに、自己の外にしか存在しなかった他者との全一的繋がりが一気に自覚され、キリストの楽園たる友愛の共同体が実現する、ということを述べているのである。

ドストエフスキーが「一八六四年のメモ」を書いた時点で、個我（リーチノスチ）のこうした正教的な意味を知っていたかどうかは疑わしい。だからこそ、このメモの最初の部分にある「個我の法則に縛られている」という表現では、個我はエゴとほぼ同じ意味で使われているのだ。しかし、ドストエフスキーの天才的な直観力は、個我の究極の発達段階は、「我を無にする時」であると、正教的な個我の意味をたちまち見抜いている。

いずれにしても、「一八六四年のメモ」が書かれた時点では、キリストの楽園の具体的イメージは、「どの惑星にあるのか、いかなる中心にあるのか」皆目見当がつかないとされ、その実現は、決してこの世ではなく、「もはや時がない」この世の終末においてである、とされている。

ところが、その十三年後に書かれた「おかしな人間の夢」では、たとえ夢の中とはいえ、主人公は、その楽園をたしかにまざまざと目にしているのである。それなのになぜこの楽園の住人は堕落させられてしまったのか——。主人公は、「わからない」と言っている（それにしてもこの作品では、「わからない」「知らない」がどれだけたくさん出て来ることか。ある人間に神的世界が啓示されたとしても、それは地上の言葉では的確には語り得ず、ただ否定神学的にしか語れないということなのだろうか）。

楽園はたちまち崩壊し、住人は私たち人類が辿った歴史を同じように繰り返すのだが、「おかしな人間」は、「堕罪の原因は私だ、（……）世界中の国々に伝染するおぞましい旋毛虫のように、ペスト菌のように、私が来るまでは幸福で罪の汚れを知らなかったこの大地を、私は自身で汚してしまったのだ」と言う。ここで言われる旋毛虫は、『罪と罰』のエピローグで、ラスコーリニコフがシベリアで見た、この世の終末を暗示する悪夢の中にも出て来る。

旋毛虫とは、一八六〇年代に発見された、疫病を引き起こす寄生虫であるが、重要なのは、ラスコーリニコフはこの旋毛虫の悪夢を復活祭の時期の病気の間に見ており、この夢の後、病気から快復する点である。ラスコーリニコフの心身の快癒（あるいは復活と言ってもいいかもしれない）には、ソーニャが果たした役割が大きいことは言うまでもないが、旋毛虫の悪夢を経ることも、彼の復活のプロセスで必要だったのである。そう考えれば、「おかしな人間の夢」の中で旋毛虫の悪夢が繰り返されることの意味も理解できるように思われる。堕罪を経験した後、人々には、再び元の美しい姿に変容する可能性も残されているのではないだろうか。

「おかしな人間」は、人々の堕落を心から悲しみながらも、一方では「もしかすると彼らのことは、以前まだ彼らの顔に苦悩の色がなく、彼らが無邪気であれほど美しかった頃よりもいっそう、愛していたかもしれない」と言う。

楽園住人の堕罪体験が意味するところを、作者は明示していないのだが、おそらくそれは、人間に与えられた自由意志の問題とも関連するものと思われる。人間が天使のごとき別の本性に完全に生まれ変わらない限り、人間は自らの自由意志によって、神に背く可能性を常に有していることを、「大審問官伝説」でもあれだけキリストの自由讃歌を描いたドストエフスキーであれば、書かずにはいられなかったのではないか。

さらに言えば、苦しみ《ストラダーニエ》を体験した人々に対してしか共苦《ソストラダーニエ》を寄せることはできない。この堕罪体験には、ロシアにおける、あるいはドストエフスキーにおける苦しみと共苦の重要性も関係しているかもしれない。そもそも「おかしな人間」の気持ちを自殺からそらせたのは、彼に助けを求めてすがりついてきた哀れな女の子に対して、彼が突如抱いた共苦の感覚だったのだから。

いずれにしても、この夢から覚めた「おかしな人間」は、あの楽園の伝道活動を始める。「なぜなら私は真理をたしかに見たからだ。人々はこの世に生きる能力を保ったまま、素晴らしく美しく幸福になり得るのだ」と言って。キーワードは「一八六四年のメモ」と同様、「他者を己のごとく愛せよ」である。それがキリストならざる人間には至難の業《わざ》であることは、「おかしな人間」も、ドストエフスキーも、よく知り抜いているのだが、失敗を恐れず「おかしな人間」は究極の目標に向かって歩きはじめる。

そして、この作品の直後には、不朽の名作『カラマーゾフの兄弟』がひかえており、そこには、「人はあらゆるものあらゆる人に対して罪があると、各人が気がつけばたちまち楽園は実現する」と言う、エゴイズムの克服を達成したゾシマ長老や、高らかな復活信仰宣言をエピローグで謳いあげるアリョーシャが待っているのである。

ドストエフスキー年譜

一八二一年
ロシア暦一八二一年一〇月三〇日、モスクワに生まれる。父ミハイルは司祭の子として生まれた医師。母マリアは商人の娘。兄ミハイルのほか、弟二人、妹四人がいた。

一八三一年　一〇歳
父がトゥーラ県に領地を買ったので、毎年夏をここで過ごすようになる。

一八三四年　一三歳
兄とともにモスクワの私立寄宿学校に入学。

一八三七年　一六歳
母、死去。

一八三八年　一七歳
中央工兵士官学校に入学。

一八三九年　一八歳
父、死去。領地の農奴に殺されたといわれる。

一八四三年　二二歳
中央工兵士官学校卒業。少尉として工兵局製図課に勤務。

一八四四年　二三歳
創作に専念するため、中尉に昇進のう

え依願退役。『貧しき人々』に着手。

一八四五年　二四歳
『貧しき人々』完成。ネクラーソフ、ベリンスキーに激賞される。

一八四六年　二五歳
『分身』などの短編を発表。処女作に較べて二作目以降の評判がかんばしくなかったため、猜疑心に悩まされ神経症となり、ネクラーソフ、トゥルゲーネフ、ベリンスキーらとぶつかり、彼らから非難中傷を浴びる。

一八四七年　二六歳
空想的社会主義者たちの集団、ペトラシェフスキー・グループの会に出席するようになる。癲癇と診断される。

一八四八年　二七歳
『弱い心』『白夜』などを発表。ペトラシェフスキー・グループへの共感を深め、会に頻繁に通う。

一八四九年　二八歳
『ネートチカ・ネズワーノワ』の最初の部分を発表。ペトラシェフスキー・グループの会合で、ベリンスキーの「ゴーゴリへの手紙」を朗読。秘密警察により、他のメンバーと共に逮捕。ペトロ・パヴロフスク要塞監獄に監禁される。軍事法廷で身分剝奪のうえ死刑と決まったが、刑場で処刑直前に皇帝の特赦により四年のシベリア流刑に処せられる。

一八五〇年　二九歳
トボリスクでデカブリストの妻たちと

面会、福音書を贈られる。流刑地オムスクの懲役監獄に着く。

一八五四年　三三歳
刑期満了、セミパラチンスクで一兵卒として勤務。官吏の妻マリア・イサーエワと知り合う。

一八五五年　三四歳
下士官に昇進。

一八五七年　三六歳
未亡人になっていたマリアと結婚。世襲貴族の称号を回復。

一八五九年　三八歳
少尉に任命され、退役を許される。トヴェーリに住む。『おじさんの夢』『ステパンチコヴォ村とその住民』を発表。首都居住の許可が出て、ペテルブルグに帰る。

一八六〇年　三九歳
『死の家の記録』の連載開始。

一八六一年　四〇歳
兄ミハイルと雑誌「時代」を創刊。『虐げられた人々』を連載し、単行本にする。

一八六二年　四一歳
パリ、ロンドン、ジュネーヴなど、初めて外国を旅行する。『死の家の記録』単行本となる。

一八六三年　四二歳
『冬に記す夏の印象』を発表。サルトィコフ＝シチェドリンら「現代人」グループと「時代」との論争激化。「時代」発行禁止となる。愛人アポリナリア・スースロワとパリ、ローマ、ベルリンなどを旅行。賭博にふける。チェルヌィシェフスキー『何をなすべきか』発表。

一八六四年　四三歳

「時代」に代る新雑誌「世紀」創刊。『地下室の手記』を連載。第Ⅰ部を一・二月号に発表。四月にモスクワでマリア夫人死去。四月一六日、メモを残す。一度連載を中断した後、五月に作品を完成させ、六月に後半を発表。七月、兄急死。「世紀」の発行を引き継ぐが、負債と雑誌の運転資金などで金策に奔走する。

一八六五年　四四歳

「世紀」廃刊。莫大な借金残る。三度目の外国旅行。ヴィースバーデンで賭博にふける。

一八六六年　四五歳

『罪と罰』の連載開始。速記者アンナ・スニートキナに『賭博者』を口述筆記させ、完成。

一八六七年　四六歳

アンナと結婚。外国旅行に出かけ、ベルリン、ドレスデン、ジュネーヴなどでこの後四年間の外国生活を送る。バーデン・バーデンで賭博にふける。トゥルゲーネフに会い、衝突する。『白痴』執筆開始。

一八六八年　四七歳

『白痴』を「ロシア報知」に連載発表。長女ソフィア生まれるが、三ヶ月足らずで死去。

一八六九年　四八歳
次女リュボーフィ生まれる。後に『悪霊』の題材となる「ネチャーエフ事件」発生。

一八七〇年　四九歳
『永遠の夫』を発表。『悪霊』執筆開始。

一八七一年　五〇歳
『悪霊』を「ロシア報知」に連載開始。四年あまりの外国生活を終え、ペテルブルグに戻る。長男フョードル生まれる。

一八七二年　五一歳
引き続き『悪霊』を発表。雑誌「市民」の編集を引き受ける。

一八七三年　五二歳
『作家の日記』を「市民」に連載。『悪霊』を単行本にする。

一八七四年　五三歳
「市民」の編集長を辞す。ネクラーソフ来訪、彼の雑誌「祖国雑記」に長編を依頼。ドイツのエムスに療養に出かける。夏以降、スターラヤ・ルッサとペテルブルグの両方で暮らすことになる。

一八七五年　五四歳
『未成年』を「祖国雑記」に連載、完結。再びエムスに療養に行く。次男アレクセイ生まれる。

一八七六年　五五歳
月刊個人雑誌「作家の日記」を発行開始。一月「キリストの樅ノ木《ヨールカ》祭りに召された少年」、二月「百姓のマレイ」を発表。夏、エムスへ。『未成年』単行本となる。

一八七七年　五六歳

『作家の日記』引き続き連載。四月「おかしな人間の夢」を発表。

一八七八年　五七歳

次男アレクセイ、癲癇の発作で急死。ソロヴィヨフと共にオプチナ修道院を訪れる。『カラマーゾフの兄弟』執筆開始。

一八七九年　五八歳

『作家の日記』を休み、『カラマーゾフの兄弟』を連載発表。エムスに療養に行く。

一八八〇年　五九歳

『カラマーゾフの兄弟』を連載、完結。プーシキン記念祭に参加し、講演。『作家の日記』を復刊。

一八八一年

一月二八日、ペテルブルグで死去。享年五九。

訳者あとがき

本書に選んだ作品は、不思議にどれもせつないながらも、そこはかとなく明るさが感じられるものではないだろうか。ドストエフスキーと言えば、暗く重く辛《つら》い作品ばかりだと思っておられる読者は、意外な印象を抱かれたかもしれない。

『白夜』は、小品ながらラヴ・トライアングルのドラマ性もあるためか、ロシアのみならずイタリアやフランスでも映画化されている。古い順に並べると、一九五七年のルキノ・ヴィスコンティ監督、一九五九年のイワン・プィリエフ監督、一九七一年のロベール・ブレッソン監督、一九九二年のレオニード・クヴィニヒゼ監督の作品がある。ヴィスコンティ、ブレッソンは、舞台をそれぞれイタリアとフランスの現代に移し、クヴィニヒゼはペテルブルグの現代に移しているが、どの映画もプロットは概ね原作どおりであり、この作品がいかに映像作家たちのインスピレーションをかき立てるものであったかが察せられる。

極めて哲学的・宗教的と思われる「おかしな人間の夢」もまた、現代ロシアのアニメ映画になったり、ペテルブルグのアレクサンドリンスキー劇場で芝居が上演されたりしている。ドストエフスキーが終生魅了された「黄金時代」の夢は、現代人にとっても、見果てぬ夢としていまだに輝き続けているのだろう。ただし、この世の言葉では描き得ないユートピア世界を、実際の映像や舞台で演じることは、なかなか難しいに違いなく、賛否両論があるようだ。

「キリストの樅ノ木祭り《ヨールカ》に召された少年」も、短編映画になり、舞台化もされてはいるが、これも、特に、光り輝くキリストと巨大な樅ノ木を中心に、天使になった子供たちが飛び回るシーンなどは、到底目に見える形で描き得るものではない。「百姓のマレイ」の得も言われぬ温かさ優しさも映像化しにくいものだろう。

本書に収められたすべての作品に共通するのは、この世とあの世が接触する瞬間、とでも言おうか、目も眩《くら》むばかりの至福の時の体験を描いている点だと言えるかもしれない。重く辛く冷たいロシアの日常という真っ暗な天空の中に、束の間、微かに垣間見える小さな星の光が描かれているように思われる。この星の光は、やはりドストエフスキーの文章を通して、感じていただければ、と思う。

とは言え、今度の翻訳でそれがうまく伝えられたかどうか、訳者としては些か心もとない。ほんの小さな例だが、ドストエフスキーの文章は、「突然」という単語が非常に多く使われるので有名である。今回訳した作品は、どれも予想外の展開が多いせいか、殊《こと》の外《ほか》この単語が頻繁に使われていた。ロシア語では同じ一つの単語なのだが、「不意に、思いがけず、突如、いきなり……」等、思いつく限りのヴァリエーションをつけて読みやすくしたつもりだが、そのことで本来のドストエフスキーの文体が持つ切羽詰ったような勢いをかえって損なったかもしれないとも思うからだ。

最後に「一八六四年のメモ」について一言。これは、『地下室の手記』を翻訳したときから、いつかは翻訳したいと思っていたものだ。創作ノートでもない単なるメモを訳出することは躊躇《ためら》われたが、「おかしな人間の夢」のテーマと重なるものでもあり、本書の中に入れることを編集部にお許しいただいた。

今回もドストエフスキーの作品を翻訳する機会を与えてくださり、訳者の怠慢だけとも言えない困難な状況ゆえに、いつにも増して長引いてしまった翻訳の作業を忍耐強く見守ってくださった光文社翻訳編集部編集長の駒井稔さん、懇切丁寧に原稿を読んで多くの貴重な助言により終始訳者を励まし続けてくださった同編集部の中町俊伸さん、今野哲男さんに心から感謝いたします。

翻訳に当たっては、ナウカ版の『ドストエフスキー全集』第二巻、二〇巻、二二巻、二五巻を使用した。

Ф.М.Достоевский. Полное собрание сочинений в тридцати томах. т.2, 20, 22, 25. (Издательство《Наука》, Ленинград, 1972, 1980, 1981, 1983)

また、ドストエフスキーの文章は一段落が非常に長く、現代の読者には読みづらいため、適宜改行を施したことをお断わりする。

早春のペテルブルグ、「ドストエフスキー・ホテル」にて

kobunsha classics
光文社古典新訳文庫

白夜《びゃくや》／おかしな人間《にんげん》の夢《ゆめ》

著者　ドストエフスキー
訳者　安岡治子《やすおかはるこ》

2015年4月20日　初版第1刷発行
2025年2月25日　第5刷発行

発行者　三宅貴久
印刷　新藤慶昌堂
製本　ナショナル製本

発行所　株式会社光文社
〒112-8011東京都文京区音羽1-16-6
電話　03（5395）8162（編集部）
03（5395）8116（書籍販売部）
03（5395）8125（制作部）
www.kobunsha.com

落丁本・乱丁本は制作部へご連絡くだされば、お取り替えいたします。
ISBN978-4-334-75308-5 Printed in Japan

いま、息をしている言葉で、もういちど古典を

長い年月をかけて世界中で読み継がれてきたのが古典です。奥の深い味わいある作品ばかりがそろっており、この「古典の森」に分け入ることは人生のもっとも大きな喜びであることに異論のある人はいないはずです。しかしながら、こんなに豊饒で魅力に満ちた古典を、なぜわたしたちはこれほどまで疎んじてきたのでしょうか。

ひとつには古臭い教養主義からの逃走だったのかもしれません。真面目に文学や思想を論じることは、ある種の権威化であるという思いから、その呪縛から逃れるために、教養そのものを否定しすぎてしまったのではないでしょうか。

いま、時代は大きな転換期を迎えています。まれに見るスピードで歴史が動いていくのを多くの人々が実感していると思います。

こんな時わたしたちを支え、導いてくれるものが古典なのです。「いま、息をしている言葉で」——光文社の古典新訳文庫は、さまよえる現代人の心の奥底まで届くような言葉で、古典を現代に蘇らせることを意図して創刊されました。気取らず、自由に、心の赴くままに、気軽に手に取って楽しめる古典作品を、新訳という光のもとに読者に届けていくこと。それがこの文庫の使命だとわたしたちは考えています。

このシリーズについてのご意見、ご感想、ご要望をハガキ、手紙、メール等で翻訳編集部までお寄せください。今後の企画の参考にさせていただきます。
メール　info@kotensinyaku.jp

光文社古典新訳文庫　好評既刊

地下室の手記

ドストエフスキー／安岡《やすおか》治子《はるこ》●訳

理性の支配する世界に反発する主人公は、「自意識」という地下室に閉じこもり、自分を軽蔑した世界をあざ笑う。それは孤独な魂の叫び声だった。後の長編へつながる重要作。

貧しき人々

ドストエフスキー／安岡《やすおか》治子《はるこ》●訳

極貧生活に耐える中年の下級役人マカールと天涯孤独な少女ワルワーラ。二人の心の交流を描く感動の書簡体小説。21世紀の〝貧しき人々〟に贈る、著者二十四歳のデビュー作！

死の家の記録

ドストエフスキー／望月《もちづき》哲男《てつお》●訳

恐怖と苦痛、絶望と狂気、そしてユーモア。囚人たちの驚くべき行動と心理、その人間模様を圧倒的な筆力で描いたドストエフスキー文学の特異な傑作が、明晰な新訳で蘇る！

ステパンチコヴォ村とその住人たち

ドストエフスキー／高橋《たかはし》知之《ともゆき》●訳

帰省したら実家がペテン師に乗っ取られていた！　人の良すぎる当主、無垢なる色情魔、胸に一物ある客人たち…。奇天烈な人物たちが巻き起こすドタバタ笑劇。文豪前期の傑作。

戦争と平和（全6巻）

トルストイ／望月《もちづき》哲男《てつお》●訳

ナポレオンとの戦争（祖国戦争）の時代を舞台に、貴族をはじめ農民にいたるまで国難に立ち向かうロシアの人々の生きざまを描いた一大叙事詩。トルストイの代表作。

アンナ・カレーニナ（全4巻）

トルストイ／望月《もちづき》哲男《てつお》●訳

アンナは青年将校ヴロンスキーと恋に落ちたことを夫に打ち明けてしまう。一方、公爵令嬢キティはヴロンスキーの裏切りを知って――。十九世紀後半の貴族社会を舞台にした壮大な恋愛物語。

光文社古典新訳文庫　好評既刊

イワン・イリイチの死／クロイツェル・ソナタ

トルストイ／望月《もちづき》哲男《てつお》◉訳

裁判官が死と向かい合う過程で味わう心理的葛藤を描く「イワン・イリイチの死」。地主貴族の主人公が嫉妬がもとで妻を殺す「クロイツェル・ソナタ」。著者後期の中編二作。

スペードのクイーン／ベールキン物語

プーシキン／望月《もちづき》哲男《てつお》◉訳

ゲルマンは必ず勝つというカードの秘密を手にするが…。現実と幻想が錯綜するプーシキンの傑作「スペードのクイーン」。独立した5作の短篇からなる『ベールキン物語』を収録。

大尉の娘

プーシキン／坂庭《さかにわ》淳史《あつし》◉訳

心ならずも地方連隊勤務となった青年グリニョーフは、司令官の娘マリヤと出会い、やがて相思相愛になるのだが…。歴史的事件に巻き込まれる青年貴族の愛と冒険の物語。

初恋

トゥルゲーネフ／沼野《ぬまの》恭子《きょうこ》◉訳

少年ウラジーミルは、隣に引っ越してきた公爵令嬢ジナイーダに恋をした。だがある日、彼女が誰かに恋していることを知る…。著者自身が「もっとも愛した」と語る作品。

ワーニャ伯父さん／三人姉妹

チェーホフ／浦《うら》雅春《まさはる》◉訳

人生を棒に振った後悔の念にさいなまれる「ワーニャ伯父さん」。モスクワへの帰郷を夢見ながら、出口のない現実に追い込まれていく「三人姉妹」。人生の悲劇を描いた傑作戯曲。

桜の園／プロポーズ／熊

チェーホフ／浦《うら》雅春《まさはる》◉訳

美しい桜の園に5年ぶりに当主ラネフスカヤ夫人が帰ってきた。彼女を喜び迎える屋敷の人々。しかし広大な領地は競売にかけられることに…（「桜の園」）。他ボードビル2篇収録。